NAME: Justus Jonas
FUNKTION: Erster Detektiv
FRAGEZEICHENFARBE: weiß
BESONDERE MERKMALE: das Superhirn der drei ???; Meister der Analyse und Wortakrobatik; erstaunlich schneller Schwimmer; zu Hause auf dem Schrottplatz von Tante Mathilda und Onkel Titus; zupft beim Nachdenken an seiner Unterlippe
IST FAN VON: Tante Mathildas Kirschkuchen und Denksport aller Art

NAME: Peter Shaw
FUNKTION: Zweiter Detektiv
FRAGEZEICHENFARBE: blau
BESONDERE MERKMALE: für körperliche Herausforderungen immer zu haben, dafür kein Ass in der Schule; großer Tierfreund; Spezialist für Schlösser aller Art, die seinem Dietrichset einfach nicht standhalten können; neigt zu Vorsicht und Aberglauben
IST FAN VON: schnellen Autos (insbesondere seinem MG), der südkalifornischen Sonne, so ziemlich jeder Sportart

Die drei
???®

Die drei
???®

Insel des Vergessens

erzählt von André Marx

Kosmos

Umschlagillustration von Silvia Christoph, Berlin
Umschlaggestaltung von eStudio Calamar, Girona, auf der Grundlage der Gestaltung von Aiga Rasch (9. Juli 1941 – 24. Dezember 2009)

Ein spezialgelagerter Sonderfall für Evelyn

MIX
Papier aus verantwortungsvollen Quellen
FSC® C014496
FSC www.fsc.org

Gedruckt auf chlorfrei gebleichtem Papier

Based on characters by Robert Arthur.

ISBN 978-3-440-14698-9
Redaktion: Anja Herre
Lektorat: Nina Schiefelbein
Produktion, Layout und Satz: DOPPELPUNKT, Stuttgart
Printed in Germany / Imprimé en Allemagne

Die drei ???®

Insel des Vergessens

Sturmfreie Bude!

Als Peter Shaw aufwachte, stand die Sonne hoch am Himmel und schien ihm durchs Fenster ins Gesicht. Normalerweise weckten ihn das Gurgeln der Kaffeemaschine und das Klappern des Geschirrs in der Küche. Heute jedoch nicht. Das Haus war still.

Und es fiel ihm wieder ein: Seine Eltern besuchten alte Freunde an der Ostküste. Sie waren am Abend zuvor aufgebrochen und würden ein paar Tage lang wegbleiben.

Sturmfreie Bude!

Peter war schlagartig hellwach. Er schlug die Decke zurück, sprang aus dem Bett, lief die Treppe hinunter ins Wohnzimmer und schaltete die Anlage ein. Er drehte die Lautstärke hoch, sicherheitshalber auch noch den Bass, dann drückte er auf Play.

Der erste Gitarrenriff ließ die Gläser im Schrank klirren. Als der Sänger seiner neuen Lieblingsband »Let's rock this house« schrie, bebten die Wände.

Peter sprang mit angewinkelten Beinen in die Luft, sang aus vollem Hals mit und spielte Luftgitarre.

Genau das würde er jetzt eine Woche lang jeden Morgen tun. Außerdem jeden Nachmittag und jeden Abend und jede Nacht, wenn er Lust dazu hatte. Und er würde Chips auf dem Sofa essen, bis tief in die Nacht fernsehen und am Computer spielen, solange er wollte. Peter war im Paradies.

Er warf den Herd an und machte sich einen kleinen Berg Pfannkuchen. Nachdem er sie in einem See aus Ahornsirup ertränkt hatte, fläzte er sich mit dem Teller auf die Couch, schaltete die Musik aus und den Fernseher an, zappte sich durch die Kanäle und frühstückte dabei.

Er war gerade bei einem lokalen Nachrichtensender angekommen, als das Telefon klingelte.

»Peter Shaw«, meldete er sich, während er den Ton des Fernsehers leiser drehte.

»Guten Morgen, Mr Shaw, hier spricht Sandra Martinez vom Sunny Island Retirement Center in Oxnard. Sind Sie der Schwiegersohn von Mr Bennington Peck?«

»Äh, nein«, sagte Peter verwirrt. »Sein Enkel.«

»Ach so. Sind denn deine Eltern zu sprechen?«

»Zurzeit nicht, sie sind auf Reisen.«

Sandra Martinez zögerte nur kurz. »Die Sache ist die: Dein Großvater ist seit gestern verschwunden. Und natürlich kann er sich von Rechts wegen grundsätzlich aufhalten, wo er will, aber wir sind besorgt, dass ihm etwas zugestoßen sein könnte. Weißt du, wo dein Großvater ist? Du könntest ihm ausrichten, dass wir bei längerer Abwesenheit eine Abmeldung beim Pflegepersonal zu schätzen wissen, damit sich niemand Gedanken machen muss.«

Peters Stirn war so gerunzelt, dass sie beinahe wehtat. »Ich fürchte, ich verstehe kein Wort. Von *wo* rufen Sie an?«

»Vom Sunny Island Retirement Center.«

Peter lachte unsicher. »Das klingt ja wie ein Altenheim.«

»Wir bevorzugen den Begriff Seniorenresidenz.«

»Und was genau hat mein Großvater mit Ihrer Seniorenresidenz zu tun?«

»Nun ja, er wohnt hier.«

Wieder lachte Peter. »Das muss eine Verwechslung sein. Mein Großvater wohnt in keiner Seniorenresidenz, sondern in seinem eigenen Haus in Rocky Beach. Vielleicht gibt es noch einen anderen Bennington Peck.«
»Ach«, sagte Mrs Martinez überrascht. »Nun ja, das wäre natürlich möglich. Moment, ich rufe seine Daten auf.« Mrs Martinez nannte ihm den Geburtstag und -ort seines Opas.
»Das ist beides korrekt«, sagte Peter verunsichert. »Aber Sie müssen sich trotzdem irren. Mein Großvater wohnt hier in Rocky Beach und ganz bestimmt nicht bei Ihnen. Das wüsste ich doch.«
»Nun ja, das ist ziemlich merkwürdig«, sagte Mrs Martinez nachdenklich. »Vielleicht könnte dein Großvater sich trotzdem bei uns melden, damit wir die Angelegenheit klären können? Wenn es eine Verwechslung ist, wird er es ja am besten wissen.«
»Dafür kann ich sorgen.«
Sandra Martinez gab ihm die Telefonnummer der Seniorenresidenz durch, dann verabschiedete sie sich und legte auf.
Peter war fest davon überzeugt, dass das alles ein Irrtum war. Trotzdem rief er bei seinem Großvater an. Auf dem Handy antwortete nur die Mailbox. Das passierte oft, weil Opa das Mobiltelefon dauernd verlegte und dann vergaß, dass er überhaupt eines besaß. Daher hinterließ Peter keine Nachricht, sondern probierte es auf dem Festnetz.
Es meldete sich der Anrufbeantworter. »Hier ist Ben Peck. Wenn diese blöde Maschine nicht schon wieder kaputt ist, können Sie jetzt eine Nachricht hinterlassen.« Es piepte.
»Hallo, Opa, hier ist Peter. Eben hat eine Frau aus einem

Altenheim angerufen. Sie meinte, du würdest da wohnen und seist jetzt verschwunden. Du sollst da mal anrufen. Ich hab's alles nicht richtig verstanden. Weißt du, worum es geht? Ruf mich doch mal zurück!«

Als Nächstes beschloss Peter, seine Eltern anzurufen. Vielleicht wussten die etwas, was er nicht wusste. Doch seine Mutter ging nicht an ihr Handy und Peter hatte keine Lust, die Geschichte auf die Mailbox zu sprechen. Er würde es später wieder versuchen.

Ein wenig ratlos blickte Peter auf den Fernseher und versuchte, sich einen Reim auf die ganze Geschichte zu machen, als er etwas sah, das ihn erstarren ließ.

In den Nachrichten kam ein Bericht über einen Überfall auf eine Tankstelle. Ungläubig verfolgte Peter die Bilder einer Überwachungskamera und griff hastig nach der Fernbedienung, um den Ton lauter zu stellen.

»… bedrohte der Mann einen Kunden und den Tankwart mit einer Waffe und zwang diesen, die Kasse zu leeren. Danach konnte der Täter unerkannt fliehen. Der Überfall fand am späten Nachmittag statt. Das Bildmaterial der Überwachungskamera ist der einzige Hinweis, den die Polizei von Ventura derzeit hat.«

Während die Nachrichtensprecherin den Fall schilderte, wurden die ruckeligen Aufnahmen der Überwachungskamera in Dauerschleife gezeigt. Es waren nur ein paar Sekunden Material. Die Videoqualität war schlecht. Und der bewaffnete Täter war nur von schräg oben zu sehen. Trotzdem gab es für Peter keinen Zweifel: Der Mann, der die Tankstelle in Ventura überfallen hatte, war sein Großvater!

Notfallsitzung

Auch als schon längst die Wettervorhersage lief, starrte Peter noch auf den Fernseher. Er konnte nicht fassen, was er gerade gesehen hatte! Es war schlicht und ergreifend unmöglich.
Als sein Handy klingelte, zuckte Peter zusammen. Die Polizei! Das war bestimmt die Polizei, auf der Suche nach Opa! Aber ein Blick auf das Display verriet ihm: Es war seine Mutter. Und das war eigentlich noch schlimmer.
Es klingelte weiter.
Er würde einfach nicht drangehen. Aber dann würde sie sich Sorgen machen. Schließlich hatte er sie eben erst angerufen. Doch wenn er jetzt mit ihr sprach … Er konnte ihr unmöglich sagen, was er gerade gesehen hatte! Sie würde vollkommen ausrasten! Und sofort den nächsten Flug nach Hause nehmen! Und dann würde sich herausstellen, dass alles nur ein blöder Irrtum war.
Es klingelte immer noch.
Ein Irrtum, genau. Es musste ein Irrtum sein, alles andere war ja völliger Unsinn. Und genau deshalb brauchte Peter ihr gar nichts zu sagen.
Noch ein Klingeln und die Mailbox würde anspringen.
Der Zweite Detektiv nahm ab. »Hallo?«
»Hallo, Sohnemann. Du hast mich gerade angerufen. Ich habe das Klingeln zu spät gehört. Was gibt's, ist alles in Ordnung?«
Peter schluckte. »Äh …«
»Äh?«

»Äh, ja! Ja, klar, alles bestens.«
»Aha. Und warum hast du dann angerufen?«
»Ich … wollte nur wissen, wie es euch geht. Wie ist das Wetter in New York?«
»Nicht so gut wie in Kalifornien. Bist du sicher, dass alles okay ist? Du klingst nicht so.«
»Doch, doch. Mir ist nur eben ein Pfannkuchen angebrannt.« Peter klapperte mit dem Teller. »Ist gerade etwas ungünstig.«
Seine Mutter lachte. »Tag eins von ›Peter allein zu Haus‹ und schon steht alles in Flammen, ja?«
»So ungefähr.«
»Na, dann will dich nicht länger bei den Renovierungsarbeiten stören. Du meldest dich, wenn was ist, oder?«
»Klar.«
»Dein Vater und ich treffen uns gleich mit Kate und John und dann gehen wir ins Museum.«
»Toll! Schöne Grüße! Und viel Spaß!«
»Dir auch. Bis dann!«
Peter legte auf und atmete tief durch. Der Fernsehbericht war auf einem Lokalsender gelaufen. Seine Eltern würden ihn in New York nicht zu Gesicht bekommen. Es sei denn, er schaffte es in die landesweiten Nachrichten. Er musste den Sender anrufen und dafür sorgen, dass der Bericht nie wieder gezeigt wurde! Er musste Opa finden! Er musste herauskriegen, was überhaupt Sache war! Er musste … er musste … er musste sofort zu Justus und Bob!

Innerhalb kürzester Zeit hatte Peter eine Notfallsitzung in der Zentrale einberufen und seinen Freunden die schockierenden Neuigkeiten berichtet. Justus war auf die Idee gekommen, sich den Fernsehbericht im Internet noch einmal anzusehen.

Nun hockten Justus, Bob und Peter in der Dunkelheit ihres Geheimverstecks, einem unter Schrottbergen verborgenen alten Campinganhänger, und blickten konzentriert auf den Computerbildschirm.

Bob brach das Schweigen, nachdem sie sich den kurzen Film angesehen hatten. »Das ist dein Opa.«

»Wirklich?«, fragte Peter, der sich heimlich der Hoffnung hingegeben hatte, einem Hirngespinst aufzusitzen.

Bob und Justus nickten gleichzeitig.

»Aber das kann nicht sein!«, rief Peter. »Warum sollte er eine Tankstelle überfallen? Er hat eine *Waffe* in der Hand! Opa besitzt überhaupt keine Waffe!«

»Wann hast du ihn denn zum letzten Mal gesehen?«, fragte Justus.

Peter überlegte einen Moment. »Vor drei Wochen vielleicht. Er war zum Abendessen bei uns.«

»Und ist dir da etwas Ungewöhnliches an ihm aufgefallen?«

Langsam schüttelte Peter den Kopf.

»Hat er vielleicht irgendetwas zu dir gesagt?«

»Er hat eine Menge zu mir gesagt, Justus«, erwiderte der Zweite Detektiv ungehalten. »Aber nichts, was das erklären würde! Was soll ich denn jetzt machen? Ich muss doch irgendwas tun!«

»Na ja«, murmelte Bob. »Streng genommen müsstest du zur Polizei gehen.«

»Was!? Auf keinen Fall!«

»Aber du hast einen gesuchten Verbrecher identifiziert.«

»Einen gesuchten Verbrecher! Mein Opa ist doch kein Verbrecher!«

Bob räusperte sich unbehaglich, woraufhin Peter gleich an die Decke ging. »Was soll dieses Geräusper? Mein Opa *ist kein Verbrecher*!«

»Nein, das ist er nicht, Peter«, gab Bob zu. »Aber er ist reizbar und streitlustig. Und er neigt dazu, sich mit seinen Mitmenschen anzulegen. Ich kann mir jedenfalls schon vorstellen, dass es in dieser Tankstelle zu irgendeinem Streit kam und …«

»Quatsch«, unterbrach Peter seinen Freund. »Das ist Quatsch, Bob, und das weißt du auch. Opa würde nie mit einer Waffe auf jemanden losgehen! Da steckt etwas anderes dahinter. Das ist doch sonnenklar!«

»Nur was?«, fragte Justus in den Raum hinein. »Gibt es denn gar keinen Hinweis?«

»Doch«, sagte Peter. »Oder auch nicht. Wahrscheinlich hat es gar nichts damit zu tun. Heute Morgen hat mich eine Frau aus einem Altenheim angerufen.« Er berichtete seinen Freunden von dem Gespräch mit Sandra Martinez. »Das ist natürlich großer Unfug. Opa wohnt in keinem Altenheim. Es muss eine Verwechslung sein.«

»Eine Verwechslung vielleicht«, bekannte Justus. »Aber wahrscheinlich kein Zufall. Erst ist dein Opa angeblich aus einem Altenheim verschwunden, in dem er gar nicht wohnt, und dann überfällt er eine Tankstelle. Diese beiden Vorfälle sind so außergewöhnlich, dass ich an einen Zusammenhang glauben muss.«

»Und was für ein Zusammenhang soll das sein?«, fragte Peter.
»Das ist mir leider völlig schleierhaft«, gestand Justus.
»Vielleicht hat Mr Peck einen Doppelgänger«, überlegte Bob.
»Am besten fahren wir zu ihm«, sagte Justus. »Du warst noch nicht bei ihm zu Hause, oder, Peter?«
Der Zweite Detektiv schüttelte den Kopf. »Ich habe ihn nur angerufen, aber er scheint nicht da zu sein. Danach bin ich gleich zu euch gekommen.«
»Dann fahren wir jetzt hin und schauen nach. Dass er nicht ans Telefon geht, kann viele Gründe haben.« Justus erhob sich von seinem Stuhl.
»Einverstanden«, sagte Peter halb erleichtert, halb beklommen. Er war froh, dass sie etwas unternahmen. Gleichzeitig musste er sich eingestehen, dass er Angst hatte vor dem, was sie herausfinden könnten.

Spurensuche

Das Haus von Bennington Peck lag in einer beschaulichen Wohngegend von Rocky Beach. Vom Schrottplatz aus waren es mit dem Auto keine fünf Minuten. Peter stellte seinen Wagen ab, ging zur Tür und klingelte. Er lauschte angestrengt, aber drinnen rührte sich nichts. Seine heimliche Hoffnung, Opa wäre zu Hause und würde die ganze Geschichte schlüssig und undramatisch aufklären, zerfiel zu Staub.

Peter probierte die Tür, doch sie war verschlossen. »Gehen wir nach hinten«, murmelte er und betrat den schmalen Rasenstreifen zwischen dem Haus und der Hecke, die es vom Nachbargrundstück abtrennte. Auf der Rückseite gab es einen kleinen Garten und einen Geräteschuppen, der auch als Werkstatt diente. Der Rasen sah ziemlich ramponiert aus. Ben Peck war ein passionierter Erfinder. Eine seiner letzten Erfindungen war ein automatischer Rasenmäher gewesen, der jedoch immer wieder Probleme bereitete. Zahllose Testfahrten hatten eine gerupfte Grasfläche voller kahler Flecken hinterlassen. Und bei seinem letzten Einsatz war der Mäher eigenständig zur Straße gerattert und hatte die dort spielenden Kinder in Angst und Schrecken versetzt.

Die drei Detektive betraten die Terrasse und spähten durch die Glasscheibe der Hintertür ins Innere des Hauses, aber niemand war zu sehen. Peter klopfte laut. Nichts tat sich.

»Hältst du es angesichts der Umstände für vertretbar, wenn wir uns selbstständig drinnen einen Überblick verschaffen?«,

fragte Justus den Zweiten Detektiv. »Vielleicht finden wir einen Hinweis auf Mr Pecks Aufenthaltsort. Weißt du, ob er irgendwo einen Zweitschlüssel aufbewahrt?«
Peter nickte. »Ich glaube schon. Opa denkt sich zwar alle paar Wochen ein neues Versteck aus, aber letztes Mal hatte er ihn da oben.« Er wies auf eine hohe Ulme im Garten.
»Im Baum?«, fragte Bob zweifelnd.
»Im Vogelhäuschen«, korrigierte Peter ihn und erst jetzt sah Bob den kleinen Holzkasten, der vier, fünf Meter über ihren Köpfen an den Stamm genagelt worden war.
»Ein todsicheres Versteck«, gab Bob zu. »Da kommt kein Mensch ran. Auch wir nicht. Oder liegt hier im Garten eine Feuerwehrleiter herum?«
»Nein«, antwortete Peter. »Aber ein Gartenschlauch.« Er ging zur Hausecke, wo ein langer Schlauch aufgerollt an der Wand hing, drehte den Wasserhahn auf und kehrte mit dem in eine Spritzpistole mündenden Schlauchende zurück.
»Und jetzt?«, fragte Bob stirnrunzelnd.
»Jetzt pass gut auf.« Peter zielte mit der Spritzpistole auf das Vogelhaus und ließ den Wasserstrahl hervorschießen. Er traf genau den Vogelhauseingang, sodass das Häuschen mit Wasser volllief. Und plötzlich kam in dem runden Loch etwas zum Vorschein, das kurz darauf herausplumpste.
Peter klaubte eine hühnereigroße Plastikkugel aus dem Rasen. Er schraubte sie auf und nahm einen Schlüssel heraus.
Bob war beeindruckt. »Cooler Trick! Aber der arme Vogel ...«
»Da wohnt kein Vogel. Opa hat das Haus mit irgendeiner stinkenden Paste bestrichen, die die Vögel davon abhält, darin zu nisten.«

Peter hängte den Schlauch zurück an die Wand, stellte das Wasser ab und ging zur Hintertür. Er schloss auf und betrat Ben Pecks Haus.
Niemand war da. Und alles sah aus, wie Peter es kannte. In Opas Haus herrschte immer ein leichtes Chaos. Auf dem Schreib- und dem Couchtisch lagen Berge von Notizzetteln, Handwerkerzeitschriften und Skizzen. An der Wand im Wohnzimmer hingen Zeitungsausschnitte von Artikeln, in denen über die detektivischen Erfolge der drei ??? berichtet wurde. Ben Peck war nämlich sehr stolz auf seinen Enkel.
Die drei Detektive drehten eine kurze Runde durchs Haus und warfen in jedes Zimmer einen Blick, aber es war nichts Auffälliges zu entdecken.
Peter seufzte. »Alles ganz normal. Als wäre Opa gerade nur kurz aus dem Haus gegangen. Und ich hatte so gehofft, dass wir einen Hinweis finden.«
»Du irrst, Zweiter«, meinte Justus. »Es sieht nämlich eben *nicht* danach aus, als wäre Mr Peck nur kurz aus dem Haus gegangen.«
Peter runzelte die Stirn. »Nicht?«
»Nein. Ich habe deinen Großvater als einen Menschen kennengelernt, der sich nicht gerade durch große Ordnungsliebe auszeichnet.«
»Es ist ja auch nicht ordentlich«, bemerkte Bob.
»Das nicht. Aber es befindet sich keinerlei dreckiges Geschirr oder Besteck in der Spüle. Im Schlafzimmer ist das Bett gemacht.« Justus betrat die Küche und öffnete den Kühlschrank. Er war abgesehen von ein paar Flaschen Wasser komplett leer. »Keine verderblichen Lebensmittel. Ben Peck

ist nicht kurz aus dem Haus gegangen. Er hat es geplant für längere Zeit verlassen. Als würde er eine Reise machen.« Er strich mit dem Zeigefinger über den aufgeräumten Küchentisch und betrachtete die Spur, die er in der sehr, sehr feinen Staubschicht hinterlassen hatte. »Und das ist mindestens zwei Wochen her, eher länger, würde ich schätzen.«
Bob nickte nachdenklich. »Du hast recht, Just.«
»Nein, hast du nicht«, widersprach Peter. »Meine Mutter hat nämlich mit ihm telefoniert, und das ist erst eine Woche her.«
»Vielleicht auf dem Handy?«, überlegte Bob.
»Sie ruft ihn meistens zu Hause an, weil er sein Handy ständig verlegt.«
»Vielleicht hat er eine Rufumleitung eingerichtet. Deine Mutter rief ihn zwar hier an, aber angenommen hat er das Gespräch ganz woanders.«
Peter schüttelte ratlos den Kopf. »Ich begreife das alles nicht. Warum sollte er verschwinden, ohne jemandem etwas zu sagen? Was hat das alles zu bedeuten? Und wieso überfällt er eine Tankstelle??«
»Am besten schauen wir, ob wir unter diesen ganzen Papierbergen einen Hinweis finden. Einen Reiseplan, ein Flugticket, etwas dergleichen.«
Sie fanden vor allem Zeichnungen und Skizzen der seltsamen Dinge, an denen Peters Großvater in letzter Zeit gearbeitet hatte: ein Schreibtisch mit Teleskopbeinen, mit denen man den Tisch auf Knopfdruck höhenverstellen konnte; eine Thermoskanne mit Wärmeanzeige; ein Miniroboter, der gleichmäßig Samen in ein Gemüsebeet pflanzen konnte. Hinweise auf eine geplante Reise fanden sie nicht.

Peter entdeckte, dass der Anrufbeantworter blinkte. Die Sorge war größer als der Anstand und er spielte die Nachrichten ab. Es waren nur zwei: seine eigene, gerade erst eine gute Stunde alt, und eine vom Sunny Island Retirement Center vom Vortag. Peter erkannte die Stimme von Sandra Martinez wieder. Sie war sehr sachlich und bat Großvater lediglich, in der Seniorenresidenz zurückzurufen.

Bob, der derweil im oberen Stockwerk gewesen war, kam wieder herunter. In der Hand hielt er einen kleinen Stapel Bücher. »Ich habe etwas Merkwürdiges gefunden.«

Peter sah auf. »Was denn?«

»Die Bettlektüre deines Großvaters. Diese Bücher lagen alle auf seinem Nachttisch.« Bob zeigte sie ihm.

Altersdemenz – Ursachen, Diagnose, Therapie.

Opa im Nimmerland – Ratgeber für Angehörige von Demenzpatienten.

Alzheimer, die Geschichte einer Krankheit.

Peter runzelte die Stirn. »Was hat das zu bedeuten?«

»Als Demenz bezeichnet man eine Erkrankung des Gehirns, die hauptsächlich alte Menschen betrifft«, erklärte Justus. »Das Gehirn arbeitet nicht mehr richtig. Die Symptome sind Vergesslichkeit, Verwirrung und mitunter ausgeprägte Persönlichkeitsveränderungen. Die Alzheimerkrankheit ist die häufigste Ursache für Demenz.«

»Das weiß ich alles, Just«, sagte Peter gereizt, obwohl er es nur halb gewusst hatte. »Aber warum sollte Opa so etwas lesen? Doch nicht etwa, weil er selbst …« Er sprach den Satz nicht zu Ende.

Justus nahm Bob den obersten Band, in dem ein Lesezeichen

steckte, aus der Hand. Er schlug das Buch bei einem Kapitel über die Symptome von Alzheimer auf. Auf dem Pappkärtchen, das als Lesezeichen gedient hatte, war etwas notiert.
»Das ist Opas Handschrift«, erkannte Peter und besah sich das Lesezeichen genauer. »Da steht: *Sunny Island – Neill: Haus 3, 2.14 – Maria da Silva, James Swift, Martha Longingdale*. Sunny Island, so heißt doch die Seniorenresidenz, die angerufen hat. Was hat das –«
Peter verstummte mitten im Satz, denn er hatte ein Geräusch gehört. Alle drei verharrten und lauschten.
Da war jemand an der Tür! Und dem Klappern und Kratzen von Metall auf Metall nach zu urteilen, versuchte die Person, sich Zutritt zu verschaffen!

Ein Einbrecher!

Wortlos bedeutete Justus seinen Freunden, sich zu verstecken. Peter drückte sich hinter der Küchentür an die Wand. Bob huschte ins Wohnzimmer und duckte sich hinter der Couch, während Justus leise die Kellertür unter der Treppe öffnete und in die Dunkelheit schlüpfte. Die Tür zog er nur so weit zu, dass er durch einen schmalen Spalt hinausspähen konnte.

Noch immer machte sich jemand an der Haustür zu schaffen. Schließlich klickte das Schloss und die Tür schwang auf. Im Rechteck aus Sonnenlicht, das ins Haus fiel, konnte Justus die Gestalt eines alten Mannes erkennen, ziemlich dünn und mit kurzem Haar. Er betrat das Haus mit einem Schlüssel in der Hand und ging schnurstracks in die Küche, direkt an der Kellertür vorbei.

Justus erkannte den Mann sofort.

Doch bevor er reagieren konnte, hatte der Eindringling die Küche betreten. Gleich darauf hallte ein markerschütternder Schrei durchs Haus!

Justus stürzte aus seinem Versteck. In der Küche standen sich Peter und der Mann gegenüber, Letzterer mit schreckgeweiteten Augen und einem Küchenmesser in der erhobenen Hand.

Nun stolperte auch Bob dazu und der Bewaffnete stieß einen weiteren Schrei aus.

»Mr Castro!«, rief Peter erschrocken. »Mr Castro, beruhigen Sie sich! Ich bin's, Peter Shaw!«

»Peter!«, keuchte Mr Castro, griff sich mit der freien Hand ans Herz und ließ endlich das Messer sinken. »Was treibst du denn hier? Warum versteckst du dich hinter der Küchentür? Ich hätte fast einen Herzinfarkt bekommen!«

»Das tut mir leid, Mr Castro, ich dachte, Sie wären ein Einbrecher.« Peter zeigte auf seine Freunde. »Erinnern Sie sich an Justus und Bob?«

»Nein, nicht nötig«, sagte Castro, immer noch benommen und durcheinander. »Wir kennen uns doch. Justus und Bob, nicht wahr?«

Peter fiel ein, dass Mr Castro recht schwerhörig war, und er nahm sich vor, von nun an lauter zu sprechen.

»Und Sie sind Mr Pecks Nachbar«, sagte Justus. Er hatte den alten Mann ein- oder zweimal gesehen. »Tut uns wirklich leid, dass wir Sie so erschreckt haben.«

»Nein, nein, ich war schon wach«, beteuerte Mr Castro und auch Justus nahm sich vor, von nun an lauter zu sprechen. »Ich bin nur so erschrocken. Wie seid ihr denn hier hereingekommen? Ben ist doch gar nicht da.«

»Ich weiß, wo er den Zweitschlüssel versteckt hat«, erklärte Peter. »Wissen Sie, wo Opa ist?«

Mr Castro zuckte bei dieser Frage leicht zusammen. »Ähm, nein, keine Ahnung«, sagte er einen Hauch zu schnell.

»Sind Sie sicher?«, hakte Justus nach. »Wir vermuten nämlich, dass er auf Reisen ist. Und da Sie gerade, ohne zu klingeln, mit einem Schlüssel sein Haus betreten haben, nehme ich an, dass Sie hier sind, um nach dem Rechten zu sehen und vielleicht die Blumen zu gießen. Habe ich recht?«

Mr Castro sah ihn verblüfft an. »Woher weißt du das?«

»Ich habe nur Rückschlüsse aus meinen Beobachtungen gezogen. Sie wissen also doch, wo Mr Peck sich aufhält?«
»Nein. Das weiß ich nicht. Er hat es mir nicht gesagt. Er bat mich nur, alle paar Tage seine Post durchzusehen und seinen Anrufbeantworter abzuhören.«
»Wozu das?«
»Seinen Anrufbeantworter.«
»Wozu?«, fragte Justus etwas lauter.
»Um ihm Bescheid zu sagen, wenn es was Wichtiges gibt.«
»Dann wissen Sie, wo man ihn erreichen kann?«, fragte Peter hoffnungsvoll.
Doch Mr Castro schüttelte den Kopf. »Er meldet sich alle paar Tage bei mir. Wo er steckt, weiß ich nicht.«
Peter ließ enttäuscht die Schultern sinken. Er überlegte kurz, ob er Mr Castro von dem Tankstellenüberfall erzählen sollte. Aber er wusste, dass der Nachbar seines Großvaters ein sehr nervöser, ängstlicher Mensch war. Diese Geschichte würde ihn nur unnötig beunruhigen. Außerdem würde er sie wahrscheinlich gleich im ganzen Viertel weitererzählen. Und dann war es nur noch eine Frage der Zeit, bis jemand die Polizei verständigte. Also sagte Peter: »Wir müssten ihn dringend sprechen. Haben Sie denn gar keinen Anhaltspunkt, wo er sein könnte? Er muss doch etwas gesagt haben.«
Mr Castro lachte bitter auf. »Das hat er. ›Castro‹, hat er gesagt, ›ich werde den Teufel tun und dir sagen, was ich vorhabe. Du posaunst es ja doch bloß in der Gegend herum. Leer einfach meinen Briefkasten und warte, bis ich wieder da bin. Dann erzähl ich es dir vielleicht.‹ Er ist … na ja … nicht gerade der höflichste Mensch, dein Großvater.«

»Und wann war das?«, wollte Justus wissen.
»Wie bitte?«
»Wann das war!«
»Drei Wochen ist das jetzt her.«
»Drei Wochen!«, rief Peter. »Aber meine Mutter hat doch neulich erst mit ihm telefoniert!«
Mr Castro nickte nachdenklich. »Ja, deine Mutter hatte einmal auf den Anrufbeantworter gesprochen. Einen Tag später rief Ben mich an. Ich richtete ihm den Anruf aus. Ich nehme an, da hat er bei ihr zurückgerufen.«
»Und verschwiegen, dass er gar nicht zu Hause war«, schlussfolgerte Bob. »Die Frage ist: Wo *war* er?«
»Ich denke, wir kennen die Antwort«, meinte Justus. »Wir können uns auf sie nur keinen Reim machen. Mr Castro, sagt Ihnen das Sunny Island Retirement Center etwas?«
»Das Seniorenheim in Oxnard? Aber ja, das kenne ich. Seit ein paar Jahren lebt Neill Hooper dort. Der hat früher auch hier in der Straße gewohnt und mit uns gepokert. Aber dann ging's bergab mit ihm und er ist nach Sunny Island gezogen. Eine kostspielige Sache, aber das kann er sich wohl leisten. Wieso fragst du danach?«
»Es gibt gewisse Hinweise darauf, dass Mr Peck sich dort aufhalten könnte.«
Mr Castro zog ungläubig die Augenbrauen hoch. »Aber wenn er Neill besucht, dauert das doch keine drei Wochen!«
»Wir wissen auch nichts Genaues«, bekannte Justus. »Doch dass Ihr gemeinsamer Freund Neill Hooper dort lebt, ist ein wertvoller Hinweis! Sagen Ihnen auch die Namen Maria da Silva, James Swift oder Martha Longingdale etwas?«

»Martha Lynn Day …«, murmelte Mr Castro und tippte sich nachdenklich an die Lippe. »So wie Doris Day, ja?«
»Nein, Martha *Longingdale*«, wiederholte Justus laut.
Castro schüttelte langsam den Kopf. »Nein, kenne ich nicht.« Dann blickte er den Jungen nacheinander in die Augen. »Er steckt in Schwierigkeiten, nicht wahr? Ben, meine ich. Er hat sich wieder mit irgendwem angelegt oder etwas Verbotenes getan, habe ich recht?«
Peter lachte nervös. »Wie kommen Sie denn darauf?«
»Ich weiß doch, wie er ist. Außerdem ist er schon einmal verhaftet worden. Und die Geschichte mit seinem Nachbarn damals …«
»Diese eine kleine Verhaftung war doch nur, weil er nicht wollte, dass der Baum vor seinem Haus gefällt wird«, sagte Peter. »Und bei der Geschichte mit seinem Nachbarn war nicht Opa der Bösewicht, sondern der Nachbar!«
Mr Castro schien ihm gar nicht zugehört zu haben. »Er hat sich garantiert wieder Ärger eingehandelt! Ihr sagt mir Bescheid, wenn ihr etwas herausgefunden habt, ja? Vielleicht solltet ihr mal mit Harry sprechen.«
»Harry Jacobson?«, fragte Peter, der sich vage an den Freund seines Großvaters erinnerte.
Mr Castro nickte. »Er gehört auch zu unserer Pokerrunde. Vielleicht hat Ben ihm irgendwas erzählt. Er wohnt jetzt allerdings in Santa Barbara.«
»Das ist eine gute Idee«, meinte Justus. »Haben Sie Mr Jacobsons Nummer?«
Mr Castro nickte. »Aber er ist inzwischen halb taub und hört das Telefon nur, wenn er zufällig danebensitzt. Am besten

fahrt ihr direkt zu ihm. Wartet, ich schreibe euch die Adresse auf.« Er nahm ein Blatt Papier und einen Stift vom Küchentisch und notierte die Anschrift.

»Vielen Dank«, sagte Justus und steckte den Zettel ein. »Wir melden uns, wenn wir etwas herausgefunden haben.«

»Einverstanden.«

Daraufhin verabschiedeten sich die drei Detektive von Mr Castro. Gemeinsam verließen sie das Haus. Der Einfachheit halber versteckte Peter den Schlüssel diesmal unter einem Blumentopf im Garten. Nachdem Mr Castro in sein eigenes Haus schräg gegenüber zurückgekehrt war, berieten die Jungen über ihre nächsten Schritte.

»Wir sollten dreierlei tun«, schlug Justus vor. »Zum einen möchte ich der Seniorenresidenz in Oxnard einen Besuch abstatten.«

»Da will ich auf jeden Fall mit!«, sagte Peter schnell.

Justus nickte. »Dann bleiben für dich, Bob, die beiden anderen Ermittlungsoptionen übrig.«

»Die Tankstelle in Ventura«, riet der dritte Detektiv. »Und ein Besuch bei Harry Jacobson.«

»Richtig. Und wir sollten die drei Namen nicht vergessen, die dein Großvater auf seinem Lesezeichen notiert hat, Peter. Aber die recherchieren wir am besten am Computer in der Zentrale. Wir treffen uns dort am späten Nachmittag zur Lagebesprechung.«

Sunny Island

Die Seniorenresidenz Sunny Island befand sich auf der gleichnamigen kleinen Insel, die so nahe vor der Küste von Oxnard lag, dass sie durch eine gerade mal hundert Meter lange Brücke mit dem Festland verbunden war. Strahlend hell erhoben sich die verwinkelten Gebäude auf den flachen Felsen. Weit geschwungene Holzwege führten hinunter zu weißen Stränden. Jede freie Fläche war mit prächtig blühenden Blumen bepflanzt und überall standen Parkbänke und Liegen, auf denen ältere Herrschaften lagen und lasen oder im Schatten der Königspalmen dösten.

»Sehr herrschaftlich«, murmelte Justus, nachdem sie den Wagen auf dem Festlandparkplatz abgestellt hatten. Dann überquerten sie die Brücke. Sie mussten ein Wärterhäuschen und eine Schranke passieren, doch die Schranke war oben und der Wachmann schaute nicht einmal von seiner Zeitung auf. Mithilfe einer Infotafel neben der Schranke brachten Justus und Peter in Erfahrung, dass die Residenz verschiedene Bereiche umfasste. Es gab Haus eins, in dem die Bewohner in Apartmentwohnungen vollkommen eigenständig lebten. In Haus zwei gab es das betreute Wohnen für die Leute, die im Alltag auf Hilfe angewiesen waren; und es gab die Pflegestation in Haus drei, deren Bewohner rund um die Uhr betreut und medizinisch versorgt wurden. So konnten die Bewohner, wenn es ihnen gesundheitlich schlechter oder auch wieder besser ging, die Häuser wechseln, ohne ihr vertrautes Umfeld verlassen zu müssen.

Die Besucherinformation befand sich in Haus zwei. Justus und Peter machten sich über verwinkelte Pfade auf den Weg. Schließlich gingen sie durch eine gläserne Automatiktür, hinter der ein lichtdurchfluteter Empfangsbereich lag. Hier war es schön kühl. Aus versteckten Lautsprechern drang leises Vogelgezwitscher. Überall standen üppige Kübelpflanzen. Ein großer schlanker Mann in einem blauen Overall war gerade dabei, einige der Kübel neu um eine kleine Sitzecke zu gruppieren. An einer Wand hing ein riesiger Flachbildschirm, auf dem eine Wettervorhersagetafel zu sehen war. Gerade als sie eintraten, startete auf dem Monitor ein Werbefilm für Sunny Island: Fröhliche Rentner spazierten am Strand entlang, spielten Boule und hatten offenbar eine gute Zeit. Es gab zahlreiche Freizeitangebote, einen erstklassigen Service, beste medizinische Betreuung und Pflegepersonal, das sich aufopferungsvoll um die Bewohner kümmerte, während sich rund um die Uhr die Palmen in der sanften Brise wiegten und die Brandung rauschte.
Hinter einem Tresen aus dunklem Hartholz saß eine Frau mittleren Alters mit streng nach hinten gebundenen Haaren und Raubvogelnase und arbeitete an einem Computer. Auf einem Namensschild am Revers ihres weißen Kittels stand *Sandra Martinez.* Sie blickte auf, als Justus und Peter auf sie zutraten, und lächelte distanziert. »Guten Tag, was kann ich für euch tun?«
Peter räusperte sich. »Ich bin Peter Shaw. Sie haben mich heute Morgen angerufen. Es geht um Ben Peck.«
»Ah, natürlich! Mr Bennington Peck. Hast du mit deinem Großvater gesprochen?«

Peter schüttelte den Kopf. »Nein. Ich weiß nicht, wo er ist. Aber ich bin nach wie vor sicher, dass das eine Verwechslung sein muss. Mein Opa wohnt hier nicht.«
Mrs Martinez runzelte kurz die Stirn. Dann hackte sie auf die Tastatur ein. »Bennington Peck«, sagte sie und drehte den Bildschirm so, dass Peter einen Blick darauf werfen konnte. Neben dem Namen und den Geburtsdaten seines Opas war auch ein Foto von ihm zu sehen. Er war es, daran gab es keinen Zweifel.
»Nun?«, fragte Mrs Martinez.
»Sind Sie sicher, dass dieser Mann hier auch tatsächlich wohnt?«
»Aber ja«, sagte sie. »Ich habe ihn ja täglich gesehen.«
»Aber das ist nicht möglich!«, beharrte Peter hilflos.
Justus lächelte Mrs Martinez zu und zog den Zweiten Detektiv sanft ein Stück zur Seite. »Es nützt nichts, das Offensichtliche zu leugnen, Peter. Irgendwas ist faul an der Geschichte, aber wir können davon ausgehen, dass dein Opa wirklich hier war. Wir sollten uns daher bemühen, mehr über den Sachverhalt in Erfahrung zu bringen.« Der Erste Detektiv wandte sich wieder an Mrs Martinez. »Was können Sie uns denn sonst über Mr Peck sagen?«
Mrs Martinez hob misstrauisch eine Augenbraue.
»Bitte«, sagte Peter. »Ich weiß nicht, wie ich ihn finden soll, wenn ich nicht erfahre, wie er überhaupt hier gelandet ist.«
»Was ist mit deinen Eltern? Mit denen sollte ich sprechen, nicht mit dir.«
»Sie sind auf Reisen und haben mir aufgetragen, mich um die Sache zu kümmern«, log Peter.

Sie schien nicht überzeugt. »Dann würde ich gern wenigstens, nun ja, kurz mit ihnen telefonieren.«
»Das geht nicht!«, sagte Peter einen Hauch zu schnell.
»Jedenfalls nicht jetzt«, fügte Justus gelassen hinzu. »Sie sind in Europa. Da ist es jetzt schon Nacht. Sie können sie heute Abend erreichen.«
»Dann ist meine Schicht längst zu Ende«, sagte Mrs Martinez und seufzte. »Also schön. Mr Peck zog vor drei Wochen hier ein, drüben in Haus eins. Es war von Anfang an nicht ganz, nun ja, leicht mit ihm.«
Peter schluckte beklommen. »Nicht ganz … leicht?«
»Er war ein reizender alter Herr!«, versicherte sie. »Aber schon bald recht, nun ja, verwirrt. Manchmal lief er hier herum und fragte mich nach dem Weg zu seinem Apartment, weil er ihn vergessen hatte. Einmal stand er sogar im Schlafanzug vor mir und wollte wissen, warum er sich auf einer Insel befinde. Deshalb entschieden wir schon nach zehn Tagen, dass er besser ins betreute Wohnen wechseln sollte.«
Peter riss die Augen auf. »Wie bitte? Ins betreute Wohnen?«
»Mr Peck hatte Schwierigkeiten, sich selbst zu versorgen. Und er stellte eine Gefahr für sich und andere dar. Einmal hat er aus Versehen den Feueralarm ausgelöst, weil beim Kochen etwas in Flammen geriet. Nun ja, in solchen Fällen muss die Heimleitung handeln.«
Peter war bleich geworden. »So wie Sie das erzählen, klingt es, als hätte mein Großvater nicht mehr alle beieinander! Aber so ist das nicht. Er ist nur etwas eigen.«
»Nun ja«, sagte Mrs Martinez unbehaglich. »Vielleicht solltest du besser mit dem Leiter der Residenz sprechen, Dr.

Burke. Er ist gerade auf Visite in Haus drei, aber er müsste bald fertig sein. Dann kommt er hier vorbei und hat sicher Zeit für dich.«

Peter wurde unwohl. »Na schön«, murmelte er. »Danke.«

»Wir warten draußen«, schlug Justus vor und zog Peter mit sich.

»Justus, ich verstehe das alles nicht«, sagte der Zweite Detektiv, als sie vor der gläsernen Tür in der Sonne standen.

Doch bevor Justus antworten konnte, glitt die Glastür erneut auf und der große Mann im blauen Overall, der die Pflanzen umgestellt hatte, kam auf sie zu. »Du suchst also deinen Opa«, sagte er ohne Umschweife und sah Peter aus unangenehm kleinen, stechenden Augen an. Seine Haut war blass und fleckig. Er kramte eine Zigarette aus einem Päckchen in seiner Brusttasche und zündete sie an.

»Äh …«, sagte Peter und zeigte auf die Zigarette. »Ist das hier überhaupt –« Er bekam eine Rauchwolke ab und hustete.

»Ich wusste gar nicht, dass Mr Peck einen Enkel hat.«

»Hat er aber. Kennen Sie meinen Großvater?«

»Ich bin hier der Hausmeister. Ich kenne alle Bewohner der Insel.«

»Stimmt es wirklich, dass er etwas … durcheinander war?«

»Ich bin hier der Hausmeister«, wiederholte der Mann und blies ihm eine weitere Rauchwolke ins Gesicht. »Nicht die Auskunft.« Dann ging er so nahe an Peter vorbei, dass er ihn beinahe anrempelte, und würdigte ihn keines Blickes mehr.

»Was war das denn!?«, fragte Peter empört. »So ein Spinner!«

Sie blickten dem Hausmeister nach, der anfing, sich um die Bewässerung der Pflanzen zu kümmern.

»Ein eigenwilliger Zeitgenosse«, stimmte Justus zu. »Und er schaut immer wieder zu uns rüber.«
»Das nervt mich«, sagte Peter nach kurzer Zeit. »Komm, wir warten drinnen.«
Sie kehrten zurück ins Gebäude und nahmen in einem schicken Wartebereich mit riesiger Fensterfront Platz. Peter ließ seinen Blick über die Menschen schweifen, die, auf Stöcke oder Rollatoren gestützt, über die Holzwege schlurften. Ein sehr großer, breitschultriger Mann war dabei, der unentwegt vor sich hin brabbelte. Peters Blick verdüsterte sich. Sein Großvater gehörte nicht zu diesen Leuten. Er war immer topfit gewesen, sowohl körperlich als auch geistig. Dass er die letzten Wochen hier gelebt haben sollte, war vollkommen absurd!
Die aufgeregte Stimme einer alten Frau, die gerade in das Foyer trat, riss Peter aus seinen Gedanken. Die weißhaarige Dame ging gebeugt an einem Stock, ihr Gesicht war runzlig, aber sie strahlte eine gewisse Entschlossenheit aus.
»Mrs Pommeroy, es geht so nicht weiter! Sie müssen nun wirklich etwas unternehmen gegen den Tod!«
Mrs Martinez sah auf und seufzte schicksalsergeben, lächelte die Dame dann aber an. »Mrs Penny, wie schön, Sie so, nun ja, energiegeladen zu sehen. Aber mein Name ist Martinez, nicht Pommeroy, erinnern Sie sich? Mrs Pommeroy arbeitet hier seit einigen Monaten nicht mehr.«
»Das haben Sie letztes Mal schon behauptet, Mrs Pommeroy«, entgegnete Mrs Penny unwirsch und baute sich vor dem Tresen auf. »Außerdem lenken Sie vom Thema ab. Der Tod geht um und es interessiert Sie anscheinend gar nicht!«

»Was sollen wir denn Ihrer Meinung nach unternehmen, Mrs Penny?«, fragte Sandra Martinez ruhig.
»Also, das müssen Sie nun wirklich selber wissen!«
Schnelle, dynamische Schritte näherten sich und ein Arzt in einem weißen Kittel kam aus dem Flur getreten.
»Dr. Burke!«, rief Mrs Penny und eilte auf den Arzt zu, soweit ihr krummer Rücken ihr das erlaubte. »Ich möchte mich bei Ihnen beschweren! Über Mrs Pommeroy!«
»Aber natürlich, Mrs Penny«, sagte Dr. Burke freundlich. »Aber erst muss ich mich um die beiden jungen Herren dort vorn kümmern. Ich komme später zu Ihnen. Mrs Martinez, denken Sie bitte daran, mir die Hygienebestimmungsunterlagen in mein Büro zu bringen? Ich brauche die aktuellen Daten, wenn morgen die Kommission kommt.«
»Selbstverständlich, Dr. Burke.«
Justus und Peter standen auf und gingen dem Mann entgegen. Dr. Burke trug eine große Brille mit Metallrand, hatte ein schmales Gesicht und abstehendes grau meliertes Haar, das seinen Kopf wie ein Heiligenschein umgab. »Ich bin Dr. Burke.« Sein Händedruck war warm und kräftig. »Mrs Martinez hat mich angerufen und berichtet, dass mich die Angehörigen von Mr Peck sprechen wollen. Wer von euch …?«
»Ich«, sagte Peter. »Peter Shaw. Und das ist Justus Jonas. Ich bin Opas Enkel … also … der Enkel von Mr Peck.«
»Hatten deine Eltern keine Zeit?«
»Nein, sie sind auf Reisen. Sie … haben mich geschickt wegen … der Sache.«
»Weißt du, wo dein Großvater sich zurzeit aufhält?«
»Nein, leider nicht. Ich wusste nicht einmal, dass er hier

wohnt. Ehrlich gesagt begreife ich das alles nicht, Dr. Burke. Mein Großvater soll sich nicht mehr allein versorgt haben können und ist deshalb auf dieser Station gelandet? Aber das kann nicht sein, er ist doch noch gar nicht so … alt.«

Dr. Burke nickte. »Ist dir an deinem Großvater denn in letzter Zeit ein verändertes Verhalten aufgefallen? Vergesslichkeit zum Beispiel?«

»Na ja … er verlegt ständig sein Handy. Und vergisst dann, dass er überhaupt eins hat.«

»Ist er oft antriebslos?«

»Nein, eigentlich nicht.«

»Oder neigt er zu aggressivem Benehmen?«

»Hin und wieder«, antwortete Peter und meinte eigentlich: sehr häufig. Das Nachrichtenbild von seinem Opa mit der Waffe in der Hand blitzte vor seinem inneren Auge auf. »Aber das war schon immer so«, hörte er sich sagen.

»Und steht das vielleicht in Verbindung mit einem gewissen Hang zum Verfolgungswahn?«

Peter hätte am liebsten den Kopf geschüttelt, doch das wäre nicht die Wahrheit gewesen. »Ja … irgendwie schon.«

Dr. Burke seufzte. »Ich gebe zu, dass der Krankheitsverlauf sehr rasant zu sein scheint. Aber solche Fälle kommen vor. Außerdem gibt es oft frühe Anzeichen, die aber gerade von Familienmitgliedern verharmlost werden.«

Der Zweite Detektiv blinzelte verwirrt. »Moment, Moment! Wollen Sie damit sagen, dass das alles kein Irrtum ist? Mein Opa soll wirklich … krank sein?«

»Ich fürchte, die Symptome sind eindeutig, Peter. Dein Großvater leidet an einer Demenz.«

Täter oder Opfer?

Die Tankstelle lag nicht in Ventura selbst, sondern ein gutes Stück außerhalb der Stadt an einer wenig befahrenen Straße, die in die Berge führte. Es hatte eine Weile gedauert, bis Bob das herausgefunden hatte. Aber ein Anruf bei seinem Vater hatte ihn schließlich auf die richtige Spur gebracht. Mr Andrews arbeitete in der Zeitungsredaktion der Los Angeles Post. Für ihn war es ein Leichtes gewesen, den genauen Ort des Tankstellenüberfalls in den Polizeimeldungen zu recherchieren. Den Grund für sein Interesse hatte Bob seinem Vater nicht genannt und zum Glück war der zu beschäftigt gewesen, um nachzuhaken.

Die Tankstelle war winzig. Unter der schäbigen Überdachung gab es gerade mal zwei Zapfsäulen. Der angrenzende Flachbau war Jahrzehnte alt und von stacheligen Wüstengewächsen umrahmt. Nur alle paar Minuten kam hier mal ein Auto vorbei. Die Tankstelle sah aus wie aus der Zeit gefallen. Ein Wunder, dass sie überhaupt noch existierte.

Bob tankte seinen gelben Käfer voll und betrat dann das Häuschen.

»Schönes Auto«, begrüßte ihn der Tankwart, ein kleiner rundlicher Mann mit dickem Schnauzbart und einer tief ins Gesicht gezogenen Baseballmütze. »Passt hierher. Vierundzwanzig Dollar.«

Bob beglich den Betrag und sah sich um. Er hatte beschlossen, nicht um den heißen Brei herumzureden. »Das ist doch die Tankstelle, die gestern überfallen wurde, oder?«

Der Mann nickte betrübt. »Ja, das ist sie. Hätte gerne ein paar Tage zugemacht, um mich von dem Schock zu erholen. Kann ich mir aber nicht leisten. Drei Mal ist mir das jetzt passiert in meinem Job. Bin drei Mal ausgeraubt worden in dreißig Jahren. Alle zehn Jahre ist man wohl dran, schätze ich.« Er schüttelte den Kopf.
Bob nutzte die Plauderlaune des Mannes und fragte: »Was ist denn genau passiert? War der Täter wirklich ein alter Mann?«
»Ach, war ja noch viel verrückter als das, was in den Nachrichten erzählt wurde! Hieß, der Kerl wär' reingekommen und hätte mich ausgeraubt. War aber ganz anders!« Offenbar noch aufgewühlt von den Ereignissen kam der Mann hinter seinem Tresen hervor, ging an Bob vorbei und zur Tür. »Der Kerl kommt rein«, erklärte er und spielte die Szene nach. »Stöbert erst ein bisschen im Regal mit dem Knabberzeug herum. Geht weiter zu mir an die Kasse und will bezahlen. Auf einmal kommt noch jemand rein, jünger. Da tickt der Alte völlig aus. Hat plötzlich eine Waffe in der Hand. Hatte sie wohl unterm Hemd versteckt. Reißt sie hoch, zielt auf den Mann und schreit: ›Keine Bewegung!‹ Bin völlig erschrocken und überlege, was ich tun soll. Hab einen Baseballschläger unter dem Tresen, aber gegen eine Pistole? Da zielt der Alte auch schon auf mich. ›Rühr dich nicht von der Stelle!‹, schreit er und weicht immer weiter zurück.« Der Tankwart stolperte rückwärts durch seinen kleinen Laden und stieß gegen ein Regal, wobei ein paar Tüten Popcorn herausfielen, aber das bemerkte er gar nicht. »Und ich denke: Vergiss den Baseballschläger, vergiss die Polizei, rück

einfach das Geld raus. Mache also ganz langsam die Kasse auf, nehme die großen Scheine raus und leg sie ihm hin. Viel ist es nicht, mache ja keinen riesigen Umsatz hier. Aber er nimmt das Geld erst gar nicht. Ist wohl selber schon verwirrt. Hatte wohl nicht damit gerechnet, dass ein Zeuge reinkommt. Dann holt er das Geld aber doch und stopft es sich in die Taschen. Der andere Kerl redet auf ihn ein, aber der Alte hört gar nicht zu. Und dann drückt er sich an dem Mann vorbei und rennt nach draußen. Springt in den Wagen, gibt Gas und ist weg.« Der Mann atmete ein paarmal tief durch, als sei er selbst auf der Flucht. »Knie zittern jetzt noch, wenn ich davon erzähle.«

»Das ist ja eine abenteuerliche Geschichte«, stimmte Bob zu. »Aber den anderen Mann wollte er nicht ausrauben, habe ich das richtig verstanden?«

»Nee, den nicht. Zwischendurch hatte der Alte ja auch ganz vergessen, dass er *mich* ausrauben wollte.« Der Tankwart lachte kurz. »Muss man sich mal vorstellen! Wohl schon etwas senil.«

Bob runzelte die Stirn. »Dieser andere Mann … Was hat der denn zu dem Alten gesagt?«

»Hat versucht, ihn zu beruhigen, natürlich. Hat ja auch gesehen, dass der Alte schon etwas durch den Wind war. Dachte wohl, er könnte ihn irgendwie aufhalten. Klappte aber nicht. Und der Alte immer zu ihm: ›Bleiben Sie mir vom Leib!‹, und: ›Ich warne Sie, keinen Schritt näher!‹ Dann hat er ihn auch noch beim Namen genannt. Hat er sich wohl ausgedacht.«

»Moment mal, beim Namen?«, hakte Bob nach. »Er kannte dessen Namen?«

»Nein, er kannte ihn nicht, er hat ihn nur irgendwie genannt.«
»Wie denn?«
Der Tankwart zuckte mit den Schultern. »Weiß ich nicht mehr. Jedenfalls, nachdem der Alte weg ist und ich den anderen Kerl darauf anspreche, sagt der, dass er gar nicht so heiße. Sondern Robertson oder so. Ganz anders jedenfalls. Und dann erlaubt sich dieser Robertson ein starkes Stück. Geht raus und sagt, er will an der Straße auf die Polizei warten. Die hatte ich natürlich gleich gerufen. Ich setze mich erst mal, weil ich fertig bin mit den Nerven. Da sehe ich, wie Robertson in seinen roten Mercedes steigt und wegfährt. Einfach abhaut! Irgendwann kommt die Polizei, aber Robertson taucht nicht wieder auf. Dabei ist er doch ein wichtiger Zeuge! Die Polizei will mir erst gar nicht glauben, dass da noch jemand war.«
Bob wies auf den kleinen Kasten, den er rechts über dem Tresen an der Decke entdeckt hatte. »Die Kamera?«
»Hat Robertson nicht im Bild gehabt, er stand die ganze Zeit halb in der Tür.«
»Und der rote Mercedes? Werden Autos an Tankstellen nicht normalerweise gefilmt? Damit keiner abhaut, ohne zu bezahlen?«
»Schon. Bei mir aber nicht. Die Außenkamera ist seit Jahren kaputt. Lohnt nicht, die zu reparieren bei den wenigen Kunden. Na ja, war eh egal. Dieser Robertson hätte den Polizisten auch nicht mehr erzählen können als ich. Aber dass er sich einfach aus dem Staub macht, finde ich ein starkes Stück!«

»Hm«, machte Bob und runzelte die Stirn. »Für mich klingt das so, als wollte er unbedingt vermeiden, dass die Polizei ihn zu der Sache befragt. Und wenn ich ehrlich bin, würde ich den ganzen Fall anders interpretieren. Mir erscheint es nicht so, als hätte der alte Mann vorgehabt, Sie zu überfallen.«

»Wie bitte!?«

»Sie sagten, er hätte die Waffe erst gezückt, als Robertson reinkam.«

»Aber das war doch Zufall. Er hätte mich auch bedroht, wenn Robertson gar nicht aufgetaucht wäre.«

»Sind Sie da sicher? Außerdem: Wenn jemand eine Tankstelle überfallen will und ein Zeuge kommt rein, dann lässt er es doch erst mal bleiben, oder? Genau in dem Moment die Waffe zu ziehen, wenn ein Zeuge den Raum betritt, ergibt doch keinen Sinn.«

Der Tankwart schwieg. Er schwieg auffällig lange und schien den Überfall vor seinem geistigen Auge noch einmal abzuspulen. Schließlich sagte er: »Du könntest wirklich recht haben. Ist ja ein Ding!« Er eilte zurück zum Tresen und bearbeitete den dort stehenden Laptop. »Das Video der Überwachungskamera«, sagte er. »Komm, sieh es dir an!«

Es waren genau die Bilder, die auch schon im Fernsehen ausgestrahlt worden waren. Nur dass bei denen der Anfang gefehlt hatte. »Der Alte kommt rein«, murmelte der Tankwart. »Steht vor dem Knabberregal … Schaut kein einziges Mal zu mir rüber … Jetzt dreht er sich um und erschrickt. Zieht die Waffe! Richtet sie erst auf Robertson und dann auf mich … weicht zurück …«

»Er richtet die Waffe nicht wirklich auf Sie«, korrigierte Bob den Mann. »Er dreht sich nur in Ihre Richtung, sodass die Pistole eher zufällig auf Sie zeigt. Aber da machen Sie auch schon die Kasse auf und klauben das Geld heraus. Verstehen Sie mich nicht falsch, Sir, aber für mich sieht es überhaupt nicht so aus, als wollte er Ihr Geld haben. Sondern als wollte er sich gegen Robertson verteidigen. Und in der Aufregung ist die Waffe dann auch auf Sie gerichtet. Hat er denn gesagt, dass Sie die Kasse leeren sollen?«

Der Tankwart kniff die Augen zusammen. »Ich glaube nicht. Gibt's ja nicht! Weißt du, ich habe ihm das Geld gegeben, weil man das eben so macht, wenn man mit einer Waffe bedroht wird. Ist mir ja schon zwei Mal passiert. Könntest absolut recht haben, Junge. Vielleicht wollte er gar nicht mein Geld. Wollte womöglich nur tanken und dann …«

»Und dann kam Robertson. Und der verschwand vielleicht nicht nur deshalb so plötzlich, um der Polizei aus dem Weg zu gehen, sondern …«

»Um den Alten zu verfolgen!« Bobs Gegenüber schnappte nach Luft. »Donnerwetter! Könnte wirklich so gewesen sein! Junge, und du hast es herausgekriegt! Wie ein richtiger Detektiv!«

Bob lächelte in sich hinein und beschloss, die Visitenkarte der drei ??? dieses Mal in der Tasche zu lassen. Er hatte auch so in Erfahrung gebracht, was er wissen wollte.

Ein eiskalter Klumpen

Nach Dr. Burkes schockierender Eröffnung waren Justus und Peter dem Arzt in sein Büro gefolgt, wo er ihnen Einzelheiten über seine Diagnose erzählen wollte. Doch Dr. Burkes Stimme war für Peter wie das Rauschen des Meeres, das durch das geöffnete Fenster drang. Nur hin und wieder schnitten ein paar Worte scharf wie ein Messer durch das monotone Gemurmel: Degeneration des Gehirns … möglicherweise Alzheimer … nicht heilbar … gute ärztliche Betreuung … Selbsthilfegruppen für Angehörige …

»Ich sehe, dass ich dich mit den ganzen Einzelheiten überfordere«, sagte Dr. Burke schließlich. »Entschuldige, ich sollte das alles mit deinen Eltern besprechen. Die Routine … ich habe darüber nicht nachgedacht. Es ist jetzt erst mal wichtig, dass Mr Peck wieder auftaucht. Hast du vielleicht wenigstens eine Idee, wo er sich aufhalten könnte?«

Peter schüttelte langsam den Kopf. »Ich wusste ja bis vor wenigen Stunden nicht einmal, dass er nicht mehr zu Hause wohnt.«

»Aber wir werden ihn schon finden«, war Justus überzeugt. »Darin haben wir gewisse Erfahrung.«

Dr. Burke hob die Augenbrauen. »Im Auffinden von Mr Peck?«

»Im Auffinden von verschwundenen Personen allgemein. Wir haben ein kleines, aber erfolgreiches Detektivunternehmen.«

Dr. Burke nickte, dann lehnte er sich über seinen Schreibtisch und verschränkte die Finger. »Eines noch. Ich muss euch warnen. Mr Peck neigt zu Aggression und Verfolgungswahn. Wir haben ihn hier als ... recht aufbrausende Natur erlebt.«

»Das kann ich mir vorstellen«, murmelte Peter.

»Wenn ihr ihn findet, wird er sich vermutlich sträuben, hierher zurückzukehren. Er hatte ja einen Grund, abzuhauen. Und vermutlich ist dieser Grund irgendeine abwegige Verschwörungstheorie, in die er sich hineingesteigert hat. Dass er hier bestohlen wird, dass das Essen vergiftet ist, dass alle Mitarbeiter im Haus einer Sekte angehören ... solche Dinge. Verfolgungswahn kann ein Symptom bei Demenzerkrankungen sein. Wie wild die Geschichten, die er euch möglicherweise erzählt, auch sein mögen – lasst euch davon nicht beirren.«

»Wir werden es im Hinterkopf behalten«, versprach Justus und erhob sich von seinem Stuhl. »Vielen Dank, dass Sie uns aufgeklärt haben, Dr. Burke.« Er reichte dem Arzt die Hand. »Wir melden uns bei Ihnen.«

»In Ordnung. Wenn es Schwierigkeiten geben sollte, könnt ihr mich jederzeit anrufen.« Er reichte ihnen eine Visitenkarte, dann verabschiedeten sie sich voneinander.

»Demenz«, sagte Peter, nachdem sie das Gebäude verlassen und sich auf eine Bank gesetzt hatten. Der Blick aufs Meer war fantastisch. Peter sah auf die glitzernden Wellen und spürte, wie die Tränen in ihm aufstiegen. Aber er kämpfte sie zurück. »Das erklärt auch die Bücher an seinem Bett. Er hat gemerkt, dass mit ihm etwas nicht stimmt, und sich informiert. Und dann ist er heimlich hier eingezogen, weil er meiner Mutter nicht die Wahrheit sagen wollte. Danach verlor er den Verstand, haute ab und überfiel eine Tankstelle. Ich kann das immer noch nicht glauben. Was soll denn jetzt nur werden? Opa wird nie wieder derselbe sein. Vielleicht erkennt er mich schon gar nicht mehr, wenn wir ihn finden! *Wenn* wir ihn finden!«

»Nun mal langsam, Peter.«

»Und wer soll überhaupt dieses Pflegeheim bezahlen? Kannst du dir vorstellen, wie teuer der Schuppen ist? Mit Privatstrand und allem? Er hat doch gar nicht so viel Geld! Wahrscheinlich müssen wir ihn zu uns nehmen. Ich muss jetzt jedenfalls sofort meine Eltern anrufen.«

Peter hatte sein Handy schon in der Hand, als Justus sagte: »Damit machst du nur die Pferde scheu.«

»Die Pferde scheu!? Just, ich kann das nicht alles alleine regeln! Wenn wir Opa finden, was ist denn dann? Soll ich ihn hierher zurückbringen? Oder mit nach Hause nehmen? Oder wie oder was? Das müssen meine Eltern entscheiden. Ich muss ihnen sofort alles sagen. Die wissen doch noch gar nicht, was überhaupt los ist!«

»Wir auch nicht«, meinte Justus.

»Wie meinst du das?«

»Diese ganze Geschichte ist doch haarsträubend unlogisch und mehr als rätselhaft. Niemand wird von heute auf morgen dement. Das ist ein schleichender Prozess.«

»Aber er war ja auch schleichend«, meinte Peter. »Wir haben es nur nicht gemerkt. Oder wollten es nicht merken. Dr. Burke hat mir doch diese ganzen Fragen gestellt …«

»Die du nur zur Hälfte mit Ja beantwortet hast.«
»Aber Opa neigt zu Wutanfällen, das kannst du nicht bestreiten.«
»Er neigte schon immer zu Wutanfällen, das hat doch nichts mit einer Krankheit zu tun«, hielt Justus dagegen.
»Vergesslich ist er auch.«
»Aber doch nicht in einem ungewöhnlichen Rahmen.«
»Und was ist mit seinem Verfolgungswahn? Er glaubt immer, die ganze Welt sei gegen ihn.«
»Das war ebenfalls schon immer so und ist Teil seiner Persönlichkeit.«
Peter runzelte die Stirn. »Du tust ja gerade so, als wäre nichts.«
»Er hat eine Tankstelle ausgeraubt. ›Nichts‹ würde ich das nicht nennen. Aber es ist vielleicht nicht das, wonach es aussieht. Ich finde es jedenfalls sonderbar, dass jemand in eine Seniorenresidenz zieht, ohne vorher Rücksprache mit seiner Familie zu halten. Normalerweise gehen solchen Prozessen längere Phasen der Entscheidungsfindung voraus.«
»Justus, bitte!«, sagte Peter genervt. »Sprich klar und deutlich mit mir, ich kann dein Geschwafel heute nicht ertragen.«
Justus seufzte. »Klar und deutlich: Ich glaube nur die Hälfte der Geschichte. Zu vieles passt hier nicht zusammen. Ich möchte behaupten, dass in neunundneunzig Prozent aller Fälle der betroffene Demenzpatient erst einmal leugnen würde, was mit ihm geschieht, um sich dann gegen den Umzug in ein Altenheim zu sträuben. Dein Großvater aber ist nicht nur freiwillig hierhergezogen, er hat auch niemandem davon erzählt. Nicht einmal seinem Nachbarn Mr Castro,

obwohl er den für seine Zwecke eingespannt hat, damit das Geheimnis nicht auffliegt.«

Peter spürte, wie der eiskalte Klumpen, der sich während der letzten Stunde in seinem Innern gebildet hatte, langsam zu tauen begann. Was Justus da sagte, klang einleuchtend. Zaghaft fragte der Zweite Detektiv: »Du meinst, es ist vielleicht alles nicht so schlimm, wie es aussieht?«

»Zumindest ist es *anders*, als es aussieht. Dessen bin ich mir sicher. Irgendetwas geht hier vor. Und wir werden herausfinden, was es ist.«

»Und wie?«

»Indem wir jemanden aufsuchen, den dein Großvater kannte und den er regelmäßig hier auf Sunny Island besucht hat: seinen ehemaligen Nachbarn Neill Hooper.«

Vertraue niemandem!

Justus erinnerte sich an das Lesezeichen, das sie in Ben Pecks Buch über Demenzerkrankungen gefunden hatten: *Neill: Haus 3, 2.14,* hatte darauf gestanden.
Über die verschlungenen Wege gingen sie zu Haus drei. Sie betraten das Gebäude, als die Dame am Empfang gerade ihren Posten verließ. Sie hatte die Jungen nicht bemerkt. Vielleicht war das auch besser so, dachte Justus. Sie machten sich auf den Weg zum Treppenhaus und stiegen in den zweiten Stock hinauf. Auf dem Weg zu Zimmer 14 wanderten sie durch lange, verlassene Korridore. Es roch nach scharfen Reinigungsmitteln. Auf den Linoleumböden quietschten die Sohlen ihrer Schuhe. Davon abgesehen war es beinahe gespenstisch still. Während sie in den beiden anderen Häusern den Bewohnern der Insel begegnet waren, schien die Pflegestation wie ausgestorben.
Schließlich hatten sie die richtige Tür gefunden, klopften an und traten ein. Mr Hooper – Peter erinnerte sich, den Mann bei seinem Großvater einmal kennengelernt zu haben – lag in einem kleinen, spärlich eingerichteten Raum in einem Krankenbett. Das Kopfteil war leicht gekippt, sodass sich Mr Hooper in einer halb sitzenden, halb liegenden Position befand. An einem Gestell an der Wand hing ein kleiner Fernseher. Er war eingeschaltet, es lief eine Kochshow, aber der Ton war so leise gedreht, dass man nur ein leises Wispern hörte. Die Vorhänge waren zugezogen und sperrten das Sonnenlicht aus, sodass der Raum halb vom Flackern des Fern-

sehers erhellt wurde. Außer einem weißen, schwenkbaren Nachttisch und einem einzelnen Stuhl gab es keinerlei Möbelstücke.

Mr Hooper reagierte nicht, als Justus und Peter eintraten. Zunächst dachten sie, er würde schlafen, und näherten sich dem Bett leise. Doch dann wurden sie gewahr, dass seine Augen leicht geöffnet waren.

Justus räusperte sich. »Guten Tag, Mr Hooper.«

Wieder gab es keine Reaktion.

»Mr Hooper?«, versuchte der Zweite Detektiv es ein wenig lauter. »Ich bin Peter Shaw, der Enkel von Ben Peck. Wir haben uns schon mal gesehen, erinnern Sie sich?« Er trat nun direkt ins Blickfeld von Hooper, aber der alte Mann sah einfach durch ihn hindurch. »Just!«, flüsterte Peter erschrocken. »Er ist gar nicht ansprechbar!«

Mr Hoopers Brustkorb hob und senkte sich langsam, er blinzelte regelmäßig und ein dünner Speichelfaden rann ihm aus dem halb geöffneten Mund auf einen bereits nassen Fleck am Kragen seines Pyjamas.

Peter zog ein Papiertaschentuch aus dem Spender, der auf dem Nachttisch stand, wischte ihm den Speichel aus dem Mundwinkel und tupfte den nassen Fleck trocken. Er fand es ein bisschen eklig, wollte aber nicht weiter darüber nachdenken. Das feuchte Tuch warf er in einen Mülleimer in der Ecke und wusch sich danach die Hände in einem kleinen Waschbecken an der Wand. Dann kehrte er ans Bett zurück und setzte sich auf die Kante.

»Mr Hooper«, sagte er leise. »Wir sind auf der Suche nach meinem Opa. Der scheint in Schwierigkeiten zu stecken. Er ist verschwunden. Ich weiß nicht, ob Sie mich verstehen, aber wenn Sie etwas wissen und … und sich irgendwie bemerkbar machen können …«

Hoopers Blick flackerte leicht und diesmal sah er Peter an. »Peter …«, flüsterte er kaum hörbar und sein Blick wurde für einen Moment klar.

»Ja, Mr Hooper?« Der Zweite Detektiv beugte sich vor, um ihn besser zu verstehen.

Hoopers Stimme war leise und röchelnd, als er ihm ins Ohr raunte: »Sei vorsichtig … Vertraue niemandem … niemandem hier!«

Erschrocken sah Peter ihn an. In Hoopers Augen spiegelten sich abwechselnd Hoffnung und Verzweiflung. Der Zweite Detektiv hielt den Atem an.

Plötzlich wurde die Tür schwungvoll aufgerissen und eine Schwester, die Justus sofort an Tante Mathilda erinnerte, marschierte in den Raum. Als sie Justus und Peter erblickte, schnappte sie nach Luft.

»Was macht ihr denn hier?« Misstrauisch beäugte sie die beiden Jungen und rief laut Richtung Bett: »Sind das Ihre Enkel, Mr Hooper?« Sie ging zu ihm, betrachtete ihn prüfend und ihr Blick verfinsterte sich. »Er ist ja ganz erschöpft. Was habt ihr mit ihm gemacht?«

»Gar nichts, Schwester …« Justus warf einen Blick auf ihr Namensschild. »Schwester Beatrice. Wir haben nur versucht, mit Mr Hooper zu reden.«

»›Mr Hooper‹?«, wiederholte sie. »Dann seid ihr gar nicht mit ihm verwandt?«

Justus schüttelte den Kopf.

»Nicht-Angehörige von Pflegepatienten brauchen eine Besuchsgenehmigung. Habt ihr die?«

»Nein«, bekannte Justus.

»Dann raus mit euch.« Sie wedelte unwirsch mit den Händen. »Raus, raus, raus!«

Justus und Peter waren viel zu verdattert, um zu widersprechen.

»Also, das gibt es doch nicht!«, zischte Peter empört, nachdem sie draußen auf dem leeren Flur in einiger Entfernung stehen blieben. »Seit wann braucht man denn eine Genehmigung, um jemanden zu besuchen? Davon habe ich ja noch nie gehört.«

»Mir kommt das auch sehr merkwürdig vor.«

»Hast du mitbekommen, was Mr Hooper gesagt hat, kurz bevor Schwester Beatrice reinkam?« Peter senkte die Stimme. »Er hat gesagt: ›Vertraue niemandem!‹«

Der Erste Detektiv runzelte die Stirn. »Bist du sicher?«

»Ja, Just, absolut! Du warst zu weit weg, um es zu hören, er hat es mir ja fast ins Ohr geflüstert, aber er sagte: ›Sei vorsichtig, vertraue niemandem hier‹, ganz bestimmt! Was hat er damit gemeint, Just? Hier stimmt doch irgendwas nicht!«

Die Tür zu Zimmer 14 wurde geöffnet, und ohne zu überlegen, zog Justus den Zweiten Detektiv in einen Seitenkorridor, wo sie sich im Eingang zur Besuchertoilette versteckten. Keine Sekunde später ging Schwester Beatrice an der Flurkreuzung vorbei.

Justus schlich ihr nach und riskierte einen Blick um die Ecke. Er entdeckte Schwester Beatrice in einem Raum hinter einer großen Glasscheibe.

»Sie ist ins Schwesternzimmer gegangen«, raunte er Peter zu, der inzwischen hinter ihn getreten war.
»Meinst du, wir können noch mal zurück zu Mr Hooper?«
Justus schüttelte den Kopf. »Sie hat den Flur im Blick.«
Der Erste Detektiv beobachtete, wie Schwester Beatrice in ihrem Bereitschaftsraum nach dem Telefonhörer griff. Da die Tür offen stand, konnten sie trotz ihrer gesenkten Stimme hören, was sie sagte.
»Hier ist Schwester Beatrice. Sie hatten mich gebeten, Ihnen sofort Bescheid zu sagen, falls ein Besucher bei Mr Hooper auftaucht. Genau das ist gerade passiert. Zwei Jungen waren bei ihm. Ein dicker und ein sportlicher … Das weiß ich nicht genau, aber ich kann mir nicht vorstellen, dass sie mit Mr Hooper gesprochen haben. Der Ärmste ist ja nur noch selten richtig wach … In Ordnung, ich werde sein Zimmer im Auge behalten. Sie können sich auf mich verlassen!« Sie legte auf.
Justus und Peter warfen einander vielsagende Blicke zu, bevor sie den Rückzug antraten.

»Wir haben einen Fall«, sagte Justus, nachdem sie sich draußen wieder auf eine Bank gesetzt hatten, und in seine Augen war ein Ausdruck wilder Entschlossenheit getreten.
»Den hatten wir auch schon vorher«, bemerkte Peter.
»Ja, aber jetzt wissen wir, dass es wirklich ein Geheimnis hinter diesen Mauern gibt, das darauf wartet, von uns gelüftet zu werden. Und dass wir vorsichtig sein müssen. Mr Hoopers Warnung war mehr als eindeutig.«
Peter ließ seinen Blick schweifen. Es kam ihm plötzlich so

vor, als wären sie auf einer Insel voller Spione. Als würden alle scheinbar zufällig umherlaufenden Pfleger und Senioren sie in Wirklichkeit heimlich beobachten.

Ein alter Mann schlurfte in gebeugtem Gang an ihnen vorbei. Er war sehr groß und breitschultrig und hatte einen wankenden Gang. Peter hatte ihn schon vorher beim Warten auf Dr. Burke gesehen, da hatte er mit sich selbst gesprochen. Auch jetzt murmelte er etwas vor sich hin. Von Peter und Justus nahm er dabei keine Notiz.

»Schon naht sich meine Stunde«, hörte der Zweite Detektiv aus dem Gemurmel heraus, »wo ich den schweflichten, qualvollen Flammen mich übergeben muss.« Dann entfernte sich der Mann wieder.

»Hamlet«, sagte Justus, während er dem Alten nachblickte.

»Wie bitte?«

»Das war ein Zitat aus Hamlet.« Der Erste Detektiv winkte ab. »Nicht so wichtig. Viel wichtiger ist die Frage, mit wem Schwester Beatrice vorhin telefoniert hat. Wenn sie nur eine Minute später den Raum betreten hätte! Ich bin sicher, Mr Hooper hätte noch mehr gesagt. Wir sollten unbedingt eine Möglichkeit finden, noch einmal mit ihm zu sprechen, ohne dass jemand etwas davon mitbekommt.«

Peters Handy klingelte. »Das ist Bob!«, sagte er, nahm das Gespräch an und ließ Justus mithören.

»Hi, Bob, was gibt's Neues?«

»Einiges! Zuerst einmal die gute Nachricht: Dein Opa hat die Tankstelle in Ventura höchstwahrscheinlich *nicht* überfallen.« Bob berichtete, was er herausgefunden hatte.

Am Ende war Peter ein bisschen erleichtert. »Dann wollte

Opa sich mit der Waffe also nur gegen diesen Robertson verteidigen? Aber warum hat er dann trotzdem das Geld an sich genommen?«

»Das weiß ich nicht. Aber was diesen Robertson angeht – der ist wahrscheinlich abgehauen, um nicht von der Polizei befragt zu werden. Also vermute ich, dass er dem Tankwart einen falschen Namen genannt hat.«

»Gibt es eine Personenbeschreibung zu diesem falschen Robertson?«, mischte sich der Erste Detektiv ins Gespräch.

»Keine gute. Der Mann war groß. Aber da er eine Kappe und eine Sonnenbrille trug, konnte der Tankwart nicht mal was zur Haarfarbe oder zum ungefähren Alter sagen. Immerhin wissen wir, dass er einen roten Mercedes fährt. Was habt ihr herausfinden können?«

Justus und Peter berichteten von ihren Erlebnissen.

»Gut«, sagte Bob schließlich. »Ich werde jetzt Harry Jacobson einen Besuch abstatten. Ich melde mich wieder bei euch.«

Peter hatte gerade aufgelegt, als er Mrs Penny erspähte. Die alte Dame, die sie bei Mrs Martinez am Empfang gesehen hatten, kam zielstrebig auf die beiden zu.

»Was will die denn jetzt?«, murmelte Peter.

Mrs Penny setzte sich ungefragt zu den Jungen auf die Bank und sagte leise: »Ich muss mit euch reden.«

Justus horchte auf. »Tatsächlich? Worüber denn?«

»Über Ben Peck. Ihr seid doch die Enkel von dem, richtig? Das habe ich vorhin belauscht.«

»Ich bin der Enkel«, sagte Peter. »Sie kennen meinen Opa?«

»Er war nicht lange hier. Aber er ist mir gleich aufgefallen. Ein Schnüffler war er. Und dann ist er verschwunden. Wie so viele andere. Ich glaube, das hat was mit dem Tod zu tun. Aber mir glaubt ja keiner. Alle glauben, ich hätte nicht mehr alle Tassen im Schrank.«

Justus hob die Hände. »Verzeihen Sie, Mrs Penny, das geht alles ein bisschen schnell. Sie wissen etwas über Mr Pecks Verschwinden? Können Sie uns das von Anfang an erzählen?«

Mrs Penny schüttelte den Kopf. »Ich weiß gar nichts. Ich weiß nur, dass dieser Peck hier herumgeschnüffelt hat. Er hat alle ausgefragt und sich für verschwundene Leute interessiert. Aber als ich ihm sagte, dass das mit dem Tod zu tun hat, wollte er mir nicht glauben.«

»Mit dem Tod?«, fragte Peter beklommen. »Sie … Sie meinen, dass diese verschwundenen Leute gestorben sind?«

Mrs Penny schüttelte energisch den Kopf. »Nein, nein, so nicht. Die Leute sind nur verschwunden, nicht gestorben.«

»Aber Sie sagten doch gerade –«

»Ich weiß, was ich gesagt habe. Der Tod wandelt nachts auf Sunny Island umher. Ich habe ihn schon ein paarmal gesehen. Aber niemand glaubt mir.«

»Sie meinen, der Tod ist eine Art Person?«, hakte Justus nach.

Mrs Penny nickte. »Aber ich bin die Einzige, die ihn sieht.«

»Verstehe«, sagte Peter, obwohl er rein gar nichts verstand.

»Du glaubst mir auch nicht«, riet Mrs Penny sehr richtig. »Ich bin die Einzige, die ihn sieht, weil alle anderen um die Zeit in ihren Betten liegen. Nicht, weil ich verrückt bin. Ich laufe nachts herum, wenn ich nicht schlafen kann. Laufen ist gut für mich, sagt Dr. Burke, wegen der Gelenke.«

»Und dabei haben Sie den Tod gesehen?«, fragte Justus.
»Schon vier Mal«, beteuerte Mrs Penny.
»Und wie sah der aus?«
Mrs Pennys Augen wurden groß und sie raunte: »Schaurig! Sein Gesicht ist ein Grauen! Und er spricht in Rätseln.«
»Und er … nimmt Leute mit?«
»Nein, er nimmt sie nicht mit. Sie verschwinden einfach. Eines Tages sind sie nicht mehr da. Vielleicht hat es nichts mit dem Tod zu tun. Ich glaube aber doch.«
»Was sagt denn die Heimleitung dazu?«, fragte Justus ganz naiv, obwohl auch ihm langsam Zweifel an dem kamen, was Mrs Penny ihnen da auftischte.
»Die erfindet Ausreden. Jedenfalls ist Peck der Letzte, der verschwunden ist.«
»Und vor ihm?«, fragte Justus. »Wer ist da verschwunden?«
»Ach je«, seufzte Mrs Penny. »Die Namen … die Namen … Maria … Maria Silvestri hieß sie, glaube ich.«
Justus fiel wieder das Lesezeichen ein. »Meinen Sie vielleicht Maria da Silva?«
»Ja! Ja, genau, Maria da Silva, das war es!«
»Und sagt Ihnen zufällig auch der Name James Swift etwas?«
»Ja, der ist auch verschwunden!«, rief Mrs Penny.
»Martha Longingdale?«
»Ja! Ihr wisst davon!?«
Justus wagte einen Schuss ins Blaue. »Und Mathilda Jonas?«
»Ja, richtig, Mathilda Jonas!« Mrs Penny war jetzt ganz aufgeregt. »Mr Peck hat versucht, das Verschwinden dieser Leute aufzudecken, stimmt's? Und das ist ihm zum Verhängnis geworden!«

»Mag sein«, antwortete Justus ausweichend und sah Peter von der Seite an.
Mrs Penny hatte anscheinend sehr feine Antennen. »Ihr glaubt mir nicht«, sagte sie plötzlich.
»Doch, doch!«, versuchte Peter ihr zu versichern.
»Nein«, sagte sie verärgert. »Ihr glaubt mir nicht. Aber es ist die Wahrheit. Der Tod geht um auf Sunny Island.« Sie stemmte sich auf ihrem Gehstock von der Bank hoch und sah Peter an. »Ich hoffe, du findest deinen Opa.«
Damit ging sie davon.
»Du meine Güte!«, raunte Peter. »Was ist denn hier eigentlich los?«
»Schwer zu sagen«, murmelte Justus. »Ich war versucht, ihr Glauben zu schenken. Aber als sie den Mathilda-Jonas-Test nicht bestand … keine Ahnung. Wir könnten zu Mrs Martinez an die Rezeption gehen und sie einfach nach Maria da Silva, James Swift und Martha Longingdale fragen. Aber angesichts von Mr Hoopers Warnung ist das vielleicht keine gute Idee. Wir versuchen besser, von zu Hause aus etwas über diese drei Personen herauszufinden. Ich möchte keine schlafenden Hunde wecken.«
Peter blickte über Justus' Schulter hinweg zu einer Grünfläche, wo der Hausmeister weiterhin mit dem Bewässern der Pflanzen beschäftigt war. »Einige Hunde sind bereits hellwach«, sagte er leise. »Der Kerl schaut nämlich schon wieder die ganze Zeit zu uns rüber.«
»Diese Insel birgt ein düsteres Geheimnis, Zweiter. Und solange wir nicht wissen, wem wir hier vertrauen können, werden wir unter dem Radar bleiben.«

Absturz

Als sie das Ortsschild von Rocky Beach passierten, sagte Peter am Steuer seines Wagens: »Ich würde gern noch mal bei Opa vorbeischauen, bevor wir zurück zum Schrottplatz fahren. Vielleicht hat er sich inzwischen bei Mr Castro gemeldet. Oder ist womöglich wieder zu Hause. Wäre ja denkbar.«

»In Ordnung, es liegt ja beinahe auf dem Weg«, sagte Justus.

Als sie in die Straße einbogen, in der Bennington Peck wohnte, sahen sie Mr Castro in seiner Hollywoodschaukel auf der Veranda vor seinem Haus sitzen. Er war eingenickt, doch als Peter und Justus aus dem Wagen stiegen und die Türen zuschlugen, wachte er auf.

»Ah«, sagte er und tat so, als wäre er die ganze Zeit hellwach gewesen. »Gibt es etwas Neues von Ben?«

Peter schüttelte den Kopf. »Bei Ihnen?«

»Nein.«

Peter ließ enttäuscht die Schultern sinken. »Wir haben Mr Hooper in der Seniorenresidenz besucht. Sie hatten uns gar nicht gesagt, dass es ihm so schlecht geht.«

Mr Castro sah ihn besorgt an. »Schlecht? Tatsächlich?«

Peter nickte. »Er ist kaum noch ansprechbar.«

»Wie bitte!?«

»Er ist kaum noch ansprechbar!«, wiederholte Peter laut.

»Ich habe dich schon verstanden, ich bin ja nicht taub. Ich meinte: Das ist doch nicht möglich! Er lebt im betreuten Wohnen, wie kann er denn da nicht ansprechbar sein!?« Mr Castro erhob sich aus seiner Hollywoodschaukel.

Justus runzelte die Stirn. »Er ist auf der Pflegestation, nicht im betreuten Wohnen. Wir waren ja dort. Und er hat kaum auf uns reagiert.«

»Auf der Pflegestation? Seit wann das denn? Vor ein paar Wochen war er doch noch ganz munter.«

»Tatsächlich? Das war uns nicht bewusst«, sagte Justus und begann, langsam seine Unterlippe zu kneten.

»Warum hat Ben mir das denn nicht erzählt?«, empörte sich Mr Castro. »Er hat ihn doch öfter besucht als ich. Und er weiß, dass mich das interessiert hätte. Ich habe ihn sogar gefragt! ›Wie geht's Neill?‹, habe ich gefragt, und er hat jedes Mal geantwortet: ›Gut!‹«

Nun runzelte Peter die Stirn. Dass sein Großvater, der normalerweise immer sehr geradeheraus sagte, was Sache war, jemanden anschwindelte, passte überhaupt nicht zu ihm. So vieles passte in diesem Fall nicht zusammen. Aber der Zweite Detektiv konnte sich keinen Reim darauf machen.

»Wir werden am Ball bleiben«, sagte Peter. »Aber jetzt wollen wir Sie nicht länger aufhalten. Wir gehen nur noch mal schnell rüber.«

»Zu Ben?«, fragte Mr Castro. »Also, überraschend aufgetaucht ist er nicht. Ich saß den ganzen Tag auf der Veranda, das hätte ich mitbekommen.«

»Im Tiefschlaf?«, murmelte Justus so leise, dass Mr Castro es unmöglich hören konnte.

Aber überraschenderweise hörte er es doch. »Ich muss doch sehr bitten. Ich habe höchstens ein bisschen gedöst!«

Justus räusperte sich verlegen.

»Vielleicht hat jemand auf den Anrufbeantworter gesprochen«, überlegte Peter. Sie wünschten Mr Castro einen schönen Tag, dann gingen sie über die Straße zu Ben Pecks Haus. Im Garten hob Peter den Blumentopf hoch, unter dem er den Schlüssel versteckt hatte. Doch da war kein Schlüssel mehr. Peter sah Justus fragend an.

Der Erste Detektiv legte warnend den Zeigefinger auf die Lippen und deutete auf die Terrassentür. Sie war nur angelehnt. Dabei hatte Peter sie am Vormittag ganz sicher abgeschlossen!

Peters Herzschlag beschleunigte sich. War Opa zurückgekehrt, ohne dass Mr Castro es mitbekommen hatte? Aber warum hätte er die Hintertür nehmen sollen? Und warum den Ersatzschlüssel? Ganz abgesehen davon, dass Opa den Ersatzschlüssel im Vogelhäuschen vermutet hätte, nicht unter dem Blumentopf.

Ihm fiel nur noch eine Erklärung ein: ein Einbruch! Aber wo war dann der Einbrecher? Längst über alle Berge – oder noch im Haus?

Sie schlichen zur angelehnten Tür. Peter verfluchte sich dafür, dass er so laut mit dem Blumentopf geklappert hatte. Wenn der Einbrecher noch da war, war er jetzt alarmiert!

Leise betraten sie das Haus und lauschten. Nichts rührte sich. An der offenen Schiebetür zur Küche horchten sie wieder, bevor Justus einen Blick um die Ecke riskierte. Niemand war hier.

Schließlich hatten sie das untere Stockwerk durch und gingen schweigend zur Treppe. Justus bedeutete dem Zweiten Detektiv mit Gesten, dass er am Fuß der Treppe warten würde, falls jemand versuchen sollte, zu fliehen.

Peter nickte und stieg nach oben. Die Treppenstufen knarrten unter seinen Füßen, das ließ sich nicht vermeiden.
Opas Schlafzimmer war leer. Dann betrat er das Bad. Sofort fiel sein Blick auf den milchigen Duschvorhang. Dahinter zeichnete sich eine Gestalt ab! Peter nahm all seinen Mut zusammen, machte zwei schnelle Schritte auf die Dusche zu und zog den Vorhang mit einem Ruck beiseite.
In der Duschwanne stand ein zerzauster Wischmopp in einem Putzeimer. Peter atmete erleichtert auf und lachte leise über sich selbst. Gut, dass Justus unten an der Treppe stand und das nicht mitbekommen hatte! Der hätte sich schön über ihn amüsiert.
Der Stoß in den Rücken kam so unvermittelt, dass ihm die Luft wegblieb!
Peter fiel nach vorn, stolperte über den Rand der Duschkabine und suchte nach Halt. Er bekam den Duschvorhang zu fassen, doch der riss aus seiner Befestigung. Peter stürzte mitsamt Vorhang in die Dusche und riss Wischmopp und Duschschlauch ebenfalls mit sich.
Der Kerl, der sich hinter der Tür versteckt haben musste, rannte aus dem Badezimmer. Peter wandte sich um – und sah überall nur Duschvorhang! Heftig zappelnd versuchte er, sich zu befreien. Seine rechte Hand fand einen Weg aus den Falten heraus und hielt sich irgendwo fest. Es war die Duscharmatur. Der Duschschlauch, der unter ihm lag, wand sich plötzlich wie eine Schlange und spritzte ihm Wasser ins Gesicht.
Peter fluchte, doch endlich gelang es ihm, sich den Vorhang vom Kopf zu ziehen und das Wasser abzudrehen.

Ein dumpfer Schrei hallte durchs Haus. Justus! Der Einbrecher musste ihn überwältigt haben! Er war bestimmt schon auf dem Weg nach draußen. Doch Peter hatte einen entscheidenden Vorteil: Er kannte eine Abkürzung!
Er riss das Fenster über der Toilette auf und kletterte über den Klodeckel hinaus auf das schräge Dach. Zwei Meter von ihm entfernt war die Regenrinne, darunter lag der Garten. Peter ging in die Hocke und wollte sich auf Fersen und Händen langsam bis zur Dachkante vorantasten. Doch nach dem Kampf mit dem Duschschlauch waren seine Schuhsohlen nass und seine Füße rutschten weg.
Haltlos schlitterte Peter das Dach hinunter. An der Regenrinne versuchte er, seine Rutschfahrt zu stoppen. Aber die Rinne gab nach und Peter stürzte – auf den Einbrecher, der genau in diesem Moment durch die Hintertür in den Garten flüchtete.
Das Timing war nur fast perfekt. Peter bekam lediglich einen T-Shirt-Ärmel des Flüchtenden zu fassen, bevor er auf den Rasen knallte. Obwohl er nur knapp drei Meter tief gefallen war, ging der Aufprall wie eine Schockwelle durch seine Knochen und raubte ihm den Atem. Mit aller Willenskraft versuchte er, die Benommenheit abzuschütteln.
Der Einbrecher war ebenfalls zu Boden gegangen und rappelte sich gerade wieder auf. Peter musste schneller sein! Er musste … aber er konnte nicht. Sterne tanzten vor seinen Augen.
Da eilte Justus herbei, schubste den Einbrecher erneut zu Boden und hielt ihn dort fest. Jetzt konnte Peter einen Blick auf sein Gesicht werfen.

Auf *ihr* Gesicht. Auf die sommersprossigen Züge einer jungen Frau. Sie war etwa Mitte zwanzig, hatte klare grüne Augen, eine Stupsnase und Locken, die von einem bunten Haarband zurückgehalten wurden.

»Peter! Alles in Ordnung mit dir?«

»Ja«, murmelte der Zweite Detektiv.

»Bist du verletzt?«

»Glaube nicht.« Peter rappelte sich auf, ohne den Blick von der Einbrecherin zu wenden.

»Sie hat mich an der Treppe einfach umgerannt!«, berichtete Justus empört und funkelte die junge Frau wütend an. »Aber hier endet deine Flucht, gegen uns beide kommst du nicht an!« Er löste seinen Griff und stand auf.

Bis jetzt hatte sie erschrocken gewirkt. Doch während sie sich erhob, verwandelte ein kaltes Lächeln ihr Gesicht. »Wenn du dich da mal nicht täuschst.« Die Pistole in ihrer Hand war wie aus dem Nichts gekommen. Sie richtete sie auf die beiden Detektive.

Harry ist sauer

Von Ventura nach Santa Barbara war es für Bob mit dem Auto nur noch eine Dreiviertelstunde. Der dritte Detektiv erreichte die Vorstadtgegend, in der Ben Pecks Freund Harry Jacobson wohnte, am späten Nachmittag. Doch die Sommerhitze lag noch wie eine Glocke über den Straßen und die meisten Leute hatten sich in ihre Häuser verkrochen. Nur ein paar Kinder spielten draußen in einem Garten und liefen juchzend durch den Wasserfächer eines Rasensprengers.

Nachdem Bob an der Tür geklingelt hatte, ertönte von drinnen aufgeregtes Hundegebell. Kurz darauf näherten sich Schritte und ein älterer Mann öffnete die Tür. Er hatte einen akkuraten Haarschnitt und trug ein hellblaues Hemd und eine schwarze Stoffhose. Er sah aus, als hätte er gerade erst ein Büro verlassen. Lediglich der kleine, wild schnaufende Mops an seiner Seite passte nicht recht ins Bild. Skeptisch musterte der Mann Bob von oben bis unten. »Ja, bitte?«

»Guten Tag, Mr Jacobson. Mein Name ist Bob Andrews. Verzeihen Sie bitte die Störung, ich bin auf der Suche nach Ben Peck. Mein Freund Peter …«

»Ich kenne keinen Ben Peck«, sagte Mr Jacobson und machte ihm die Tür vor der Nase zu.

Einen Augenblick lang stand Bob einfach mit offenem Mund da. Dann klopfte er an die Tür und rief: »Mr Jacobson? Mr Jacobson, hören Sie, ich weiß, dass Sie Mr Peck kennen.«

Es gab keine Reaktion, nur der Hund röchelte und bellte weiter.

Doch Bob gab nicht auf und fuhr fort: »Sie waren jahrelang sein Nachbar. Sie haben zusammen gepokert. Bei Mr Castro war ich heute auch schon. Ich bin ein Freund von Peter Shaw, das ist der Enkel von Mr Peck. Und Mr Castro riet mir …«

Die Tür wurde wieder geöffnet und Harry Jacobson zog Bob ungeduldig ins Haus. »Hör doch um Himmels willen auf, hier so herumzuschreien!«, raunte er und schloss die Tür. »Wenn das die Nachbarn mitbekommen!«

Bob sah ihn ratlos an. »Was denn?«

»Na, das mit Ben Peck!«

»Aber ich wollte doch nur fragen …«

»Schon gut, schon gut«, murmelte Harry Jacobson und führte Bob in Begleitung seines aufgeregt japsenden Hundes in ein tadellos sauberes und aufgeräumtes Wohnzimmer. Im Hintergrund lief leise Klaviermusik von einer knisternden Schallplatte. Sie setzten sich.

»Ich will nicht, dass man mich damit in Verbindung bringt«, fuhr Mr Jacobson fort, die Stimme noch immer gesenkt. »Das kann ich mir nun wirklich nicht erlauben. Du bist einer von diesen Detektivjungs, von denen Ben immer erzählt, richtig? Große Güte. Was hat er bloß angestellt?«

»Ähm, das wüssten wir selbst gern«, sagte Bob unsicher.

»Wie bitte?«

»Das wüssten wir selbst gern!«, wiederholte Bob lauter. »Deshalb bin ich hier. Mr Peck ist spurlos verschwunden, auch Mr Castro weiß nicht, wo er steckt, aber der gab uns den Tipp, Sie zu fragen.«

Jacobsons Augen weiteten sich. »Du weißt es gar nicht?«

»Was soll ich nicht wissen?«
»Na, die Sache mit der …« Er stockte und sein Blick verdüsterte sich. Plötzlich wurde er wütend. »Himmelherrgott noch mal, Ben schafft es immer wieder, einen in die Bredouille zu bringen, selbst wenn man mit einer Sache überhaupt nichts zu tun hat! Ohne Rücksicht auf Verluste zieht er sein Ding durch!«
Harry Jacobson atmete ein paarmal tief durch. Bei seinem Wutausbruch war ihm eine Haarsträhne ins Gesicht gefallen. Er strich sie zurück und erlangte seine Fassung wieder. Der keuchende Mops sprang auf seinen Schoß und Jacobson streichelte ihn abwesend.
»Mr Jacobson«, sagte Bob langsam. »Wir haben den dringenden Verdacht, dass Mr Peck in Schwierigkeiten steckt.«
Mr Jacobson legte den Zeigefinger ans Ohr. »Wo, meint ihr, steckt er?«
»In Schwierigkeiten!«
»Ach so! Ja, ganz sicher tut er das!«
»Wir wissen aber nicht genau, worum es geht. Es wäre uns eine große Hilfe, wenn Sie mir sagen könnten, was Sie wissen.«
Eine Weile musterte Jacobson ihn nachdenklich. »Also gut«, sagte er schließlich. »Vielleicht schafft ihr es ja, ihn aufzutreiben und auf den rechten Pfad der Tugend zurückzuführen. Pass auf: Gestern am späten Nachmittag klingelte es an meiner Tür plötzlich Sturm. Ben stand draußen, vollkommen aufgelöst. Aber er erzählte mir natürlich nicht, was los ist, nein, er wollte erst mal nur einen Drink. Und dann faselte er irgendwas davon, dass er in Gefahr sei und dass er den fal-

schen Leuten zu nahe gekommen sei und dass ich besser niemals in ein Altenheim gehen solle. Als ich ihn zur Rede stellte, was der ganze Zirkus soll, sagte er natürlich nur, es wäre besser für mich, wenn ich nicht Bescheid wüsste.« Mr Jacobson schnaufte wieder tief durch, doch diesmal konnte ihn das nicht beruhigen. »Was für ein arroganter Idiot! Er hält mich für einen Angsthasen und einen Spießer. Nur weil ich meine Hemden bügle und früher mal für eine Versicherung gearbeitet habe. Aber wo stünde er jetzt, wenn die Versicherung damals nicht bezahlt hätte, als er aus Versehen Mrs Milfords Gartenlaube abgefackelt hat, weil sein bekloppter automatischer Rasenmäher Feuer fing? Da habe *ich* mich für ihn eingesetzt! Aber für alles andere bin ich zu spießig.« Er schüttelte den Kopf. »Dann sagte er, er wolle bei mir den Einbruch der Dunkelheit abwarten und sich dann auf den Weg zu einem Hotel machen. *Den Einbruch der Dunkelheit!* Ja, ist er denn ein verdammter Geheimagent, oder was?«
Bob runzelte die Stirn. »Ich habe immer noch nicht richtig verstanden, worum es ging.«
»Er wollte sich hier verstecken! Aber er hat mir nicht gesagt, vor wem oder warum! Ehrlich gesagt war ich die ganze Zeit überzeugt, dass er nur dummes Zeug redet oder mal wieder einen seiner Verfolgungswahn-Anfälle hat. Bis ich heute Morgen den Fernseher einschaltete. Du wirst es nicht glauben, Junge. Was sehe ich in den Lokalnachrichten!?«
»Wie Ben Peck eine Tankstelle überfällt«, antwortete Bob.
Harry Jacobson riss die Augen auf. »Dann weißt du es ja doch!«
Bob nickte. »Aber ich wusste nicht, dass Sie es wissen.«

»Ja, ist denn das zu fassen!?«, rief Harry Jacobson, die Haarsträhne fiel zurück in sein Gesicht und der Hund fing wieder an zu bellen. »Überfällt eine Tankstelle und versteckt sich auf der Flucht vor der Polizei *bei mir*!? Aber erwähnt die Tankstelle mit keinem Wort, sondern faselt stattdessen irgendwas von Altenheimen! *Er* gehört in ein Altenheim, oder noch besser: in eine geschlossene Anstalt! Er ist vollkommen verrückt geworden!«
»Haben Sie etwas unternommen?«
»Etwas bekommen? Nein, Ben hat mir nichts gegeben.«
»Etwas *unternommen*!«, wiederholte Bob.
»Ach, du meinst, ob ich die Polizei gerufen habe?« Harry Jacobson stieß einen abgrundtiefen Seufzer aus und ließ den Kopf hängen. »Nein. Ich hätte es tun sollen. Aber ich habe es nicht gemacht. Irgendwie sind wir ja doch ... so etwas wie Freunde. Und vielleicht gibt es ja irgendeine logische Erklärung für den ganzen Schlamassel. Ich habe gleich unseren alten Freund Castro angerufen, in der Hoffnung, dass der was weiß. Aber der ist inzwischen so taub, dass er nie sein Telefon hört, es sei denn, er sitzt direkt daneben. Bis man den mal erreicht!«
Bob unterdrückte ein Schmunzeln. »Mr Jacobson, in einem Punkt kann ich Sie beruhigen: Ich war vorhin bei dieser Tankstelle. Es scheint sich alles ein wenig anders zugetragen zu haben, als es in den Nachrichten rüberkam. Mr Peck hat niemanden überfallen.«
Jacobson war erleichtert, eine Sekunde darauf aber schon wieder skeptisch. »Ich traue ihm trotzdem einiges zu.«
»Hat er Ihnen denn gesagt, wohin er wollte?«

»Ich hatte ihm angeboten, hierzubleiben, aber das wollte er nicht. ›Zu gefährlich‹, hat er gesagt, als wäre er James Bond. Er sprach von einem kleinen Hotel ganz in der Nähe, in dem er immer schon mal übernachten wollte. Aber es gibt hier viele Hotels, ich habe keine Ahnung, welches er meinte. Wenn ich da schon gewusst hätte, dass er *wirklich* in Schwierigkeiten steckt, hätte ich ihn natürlich nie gehen lassen!«

Bob dachte nach. »Ganz in der Nähe, sagen Sie? Und es war ihm bekannt?« Da hatte der dritte Detektiv einen Geistesblitz. Er erhob sich so plötzlich, dass der Mops wieder anfing zu bellen. »Mr Jacobson, verzeihen Sie, aber ich muss sofort los. Ich glaube, ich habe eine Ahnung, wo Ben Peck sein könnte!«

»Was? Tatsächlich? Aber woher …?«

»Eine längere Geschichte. Ich mache mich besser gleich auf den Weg, bevor er schon wieder abgereist ist.«

Bob war bereits auf dem Weg zur Haustür, als Mr Jacobson ihn zurückhielt. »Einen Moment noch, Junge. Es gab noch etwas, das Ben mir erzählt hat. Es könnte wichtig sein.«

Oh!

»Rührt euch nicht von der Stelle!«
Justus und Peter hatten angesichts der kleinen Pistole, die auf sie gerichtet war, auch nicht daran gedacht, sich zu rühren. Der Ausdruck im Gesicht der jungen Frau ließ keinen Zweifel daran, dass sie es ernst meinte.
»Wer bist du?«, fragte Justus und versuchte, sich seine Angst nicht anmerken zu lassen.
Sie tat so, als hätte sie seine Frage gar nicht gehört. »Ich werde jetzt gehen. Und ihr beide folgt mir nicht. Verstanden?«
Justus und Peter nickten.
Sie schien kurz zu überlegen, dann fiel ihr Blick auf den Geräteschuppen. Mit dem Lauf der Pistole deutete sie darauf. »Da rein. Vorwärts!«
Justus und Peter ließen sich von der Fremden zum Schuppen dirigieren.
»Du wirst nicht weit kommen«, behauptete Justus, aber es war eine leere Drohung. Sie würde sie einsperren und daran konnten sie rein gar nichts ändern. Er hoffte nur, dass sie nicht an ihre Mobiltelefone denken würde, mit denen sie Hilfe holen konnten.
Da klingelte sein Handy. Justus stöhnte innerlich auf.
»Her damit!«, befahl sie und streckte fordernd die Hand aus.
Justus reichte es ihr.
Die Einbrecherin warf einen Blick auf das Display. Für eine halbe Sekunde war sie abgelenkt.
So plötzlich, dass Justus es kaum mitbekam, wirbelte Peter

herum und trat ihr mit dem rechten Fuß die Waffe aus der Hand. Die Pistole flog in hohem Bogen durch den Garten. Die Frau schrie vor Überraschung auf. Peter überwältigte sie blitzschnell und drehte ihr den Arm auf den Rücken. »Just!«, keuchte der Zweite Detektiv. »Im Schuppen hängt ein Seil an der Wand! Schnell!«

Justus riss die Tür auf, entdeckte das Seil und lief damit zurück zu Peter. Gemeinsam fesselten sie die Einbrecherin und zwangen sie auf die Knie. Als keine Gefahr mehr von ihr drohte, atmete Justus tief durch.

»Peter«, sagte er vorwurfsvoll. »Das war sehr leichtsinnig.«

»Aber hilfreich«, entgegnete Peter grinsend.

»In der Tat. Gut gemacht! Und nun zu dir.« Die Einbrecherin sah ihn finster an. »Wer bist du?«

Sie schwieg verbissen.

»Na schön. Wir werden deinen Namen auch so herausbekommen«, meinte Justus, während er sich nach seinem Telefon bückte, das während des kurzen Kampfes auf den Rasen gefallen war. Er sah auf das Display. »Es war Bob. Ich rufe ihn zurück, vielleicht war es wichtig. Peter, sieh nach, ob sie einen Ausweis oder einen Führerschein dabeihat.«

Peter machte sich an die Arbeit.

»Hallo, Dritter, gibt es Neuigkeiten?«

»Allerdings! Ich habe eine Ahnung, wo Mr Peck sein könnte.«

Das Handy war laut genug eingestellt, dass Peter mitgehört hatte.

»Was!?«, rief der Zweite Detektiv aufgeregt, doch Justus bedeutete ihm, sich um die Gefangene zu kümmern.

»Wir sind gerade etwas beschäftigt, Bob, fass dich bitte kurz!«
»In Ordnung. Mr Peck war gestern bei Harry Jacobson. Er hat ihm viel verwirrendes Zeug erzählt, auf das sich Jacobson keinen Reim machen konnte. Aber am Ende gab es dann doch zwei Hinweise. Erstens: Ich habe die Vermutung, dass Mr Peck im Hotel Spanish Gardens Inn in Santa Barbara abgestiegen sein könnte. Erinnert ihr euch? Vor Jahren waren wir dort mit ihm zusammen frühstücken. Genaueres weiß ich aber noch nicht, ich werde gleich hinfahren.«
»Gute Arbeit, Bob. Und Hinweis zwei?«
»Mr Peck hat Jacobson von einer Pflegerin auf Sunny Island erzählt, der er vertraut. Mr Jacobson soll sie aufsuchen, falls etwas Schlimmes passiert oder Mr Peck spurlos verschwindet. Ihr Name ist Ellyn Djawadi. Ellyn mit einem Ypsilon in der Mitte.«
»Äh, Just …«, meldete sich Peter zu Wort.
Der Erste Detektiv winkte ab. »Nicht jetzt, Zweiter.«
»Doch jetzt.«
Peter kam zu ihm, in der Hand den Führerschein, den er der Einbrecherin aus der Hosentasche gefischt hatte. Er hielt Justus das Dokument unter die Nase.
Das Führerscheinfoto zeigte unverkennbar die junge Frau. Ausgestellt war das Dokument auf den Namen Ellyn Djawadi.
Justus starrte auf den Namen, dann auf die Einbrecherin. »Oh!«

Das Spanish Gardens Inn lag am Stadtrand von Santa Barbara in einem traumhaft blühenden Garten. Es war eines der wenigen Gebäude in der Gegend, die noch aus der Kolonialzeit stammten. Die Mauern des an eine Mission erinnernden Gebäudes waren weiß getüncht und glühten nun im Licht der untergehenden Sonne. Irgendwo sang ein Rotkehlchen sein Abendlied.

Bob war schon einmal hier gewesen, gemeinsam mit Peter, Justus und Peters Opa. Vor einigen Jahren hatten die drei Detektive Mr Peck auf einen Trip quer durch die Vereinigten Staaten begleitet. Bei ihrer allerersten Rast hatten sie im Café des Hotels ein zweites Frühstück eingenommen. Bob erinnerte sich, wie angetan Mr Peck damals von dem alten Gebäude gewesen war und wie sehr er es bedauert hatte, nicht schon eineinhalb Autostunden von Rocky Beach entfernt das erste Mal übernachten zu können.

Zu Harry Jacobson hatte Ben Peck gesagt, er fahre zu einem Hotel, in dem er immer schon mal übernachten wollte. Mit etwas Glück war dies der richtige Ort.

Bob stellte seinen Käfer an der Straße ab und ging durch den Garten, in dem die gusseisernen Tische und Stühle des Cafés im Schatten des Gemäuers standen. Im Moment war nur ein Tisch besetzt, eine junge Frau trank einen Kaffee. Durch einen offenen Torbogen ging es in einen kleinen Innenhof und von hier aus weiter ins Hauptgebäude, in dem sich die Rezeption befand.

Ein Mann mittleren Alters mit einem grau melierten Schnauzbart saß hinter einem Tresen und blickte von seiner Zeitung auf. »Was kann ich für dich tun?«

»Guten Tag, ich bin auf der Suche nach einem Ihrer Gäste. Mr Bennington Peck.«

Der Mann sah ihn ausdruckslos an. »Der wohnt hier nicht.«
Bob versuchte, sich die Enttäuschung nicht anmerken zu lassen. »Sind Sie sicher? Vielleicht unter dem Namen Ben Peck?«
Ein Kopfschütteln war die einzige Antwort.
Bob dachte daran, dass Mr Peck sich möglicherweise unter einem falschen Namen eingemietet hatte. »Er ist ein älterer Herr, aber sehr drahtig. Graues Haar, hellblaue Augen.«
Sein Gegenüber blieb so ausdruckslos, dass Bob sich fragte, ob er ihm überhaupt zuhörte. »Und er hat manchmal ein … äh … recht aufbrausendes Wesen. Er kann sehr direkt sein, wenn Sie wissen, was ich meine.« Immer noch keine Reaktion. »Er fährt einen Ford. Außerdem schnarcht er ziemlich laut. Nein?«
Langsam schüttelte der Mann den Kopf und quetschte sich ein »Bedaure« heraus.
»Tja«, sagte Bob. »Dann habe ich mich wohl vertan. Einen schönen Tag noch!«
Der Portier antwortete nicht, sondern sah Bob ausdruckslos nach, als dieser das Gebäude verließ.
Bob war enttäuscht. Er war so sicher gewesen, dass er Ben Peck in diesem Hotel finden würde. Aber vielleicht war auch etwas dazwischengekommen. Vielleicht war der geheimnisvolle rote Mercedes aufgetaucht, vor dem Mr Peck sich versteckt hielt, und er hatte seine Pläne ändern müssen. Es gab tausend verschiedene Möglichkeiten.
Bob trat aus dem Innenhof durch das Tor in den kleinen Garten, drehte sich um und betrachtete nachdenklich die Fenster, hinter denen sich die Hotelzimmer verbargen.

Von hinten näherten sich Schritte. Mit einem kurzen Blick über die Schulter bemerkte Bob, dass die junge Frau, die im Garten gesessen hatte, gerade Gesellschaft von einem Mann bekam. Bob hörte, was die beiden miteinander sprachen.
»Wir können los, Darling«, sagte der Mann. »Unsere Nachtruhe ist gerettet. Ich habe Ohrstöpsel besorgt.«
»Gott sei Dank! Noch eine Nacht Wand an Wand mit diesem Weltmeister-Holzfäller, und ich wäre abgereist. Ich bin ihm übrigens vorhin auf dem Gang begegnet. Weißt du, was er mich allen Ernstes gefragt hat? Ob ich auch letzte Nacht von dieser Ruhestörung wach geworden sei. Jemand hätte wie verrückt an seine Wand gehämmert.«
»Ist nicht wahr.« Der Mann lachte ungläubig.
»Doch. Ich habe ihm dann gesagt, dass wir es nicht waren, ich mir den Grund aber vorstellen könne. Vielleicht sei der Ruhestörer selbst in seiner Ruhe gestört worden – zum Beispiel durch lautes Schnarchen.«
»Und was hat er gesagt?«
»Er sagte wörtlich: ›Ach, meinen Sie? Das kann ich mir nicht vorstellen. Ich habe kein Schnarchen gehört und ich habe einen leichten Schlaf.‹«
Während der Mann nun lauthals lachte, stand die junge Frau auf und gemeinsam gingen sie zur Straße. Dort stiegen sie in ein Cabrio und brausten davon.
Bob war wie elektrisiert. Und er hatte eine Idee. Er durchwühlte seine Hosentasche und fand einen alten Einkaufszettel. Damit marschierte er zurück zur Rezeption.
Der Portier sah ihn so gleichgültig an wie zuvor.
»Ich bin's noch mal«, sagte Bob. »Da war gerade ein Pärchen

draußen im Garten. Ich glaube, die beiden wohnen hier. Die Dame hat einen Zettel verloren. Ich wollte noch hinterher, aber da fuhren sie schon weg. Vielleicht ist er ja wichtig.«
Bob legte den Einkaufszettel auf den Tresen. »Könnten Sie ihn ihr zurückgeben?«
Der Mann nickte knapp, griff nach dem Zettel und legte ihn hinter sich in eines der Fächer, in denen Zimmerschlüssel und Nachrichten für die Hotelgäste aufbewahrt wurden. Und zwar in das mit der Nummer 105.
»Gern geschehen«, sagte Bob verärgert. »Ihnen auch noch einen schönen Tag.«
Erst als er draußen war, gönnte er sich ein zufriedenes Lächeln. Er konnte nicht sicher sein, dass es wirklich Ben Peck war, über den das Pärchen gesprochen hatte. Aber wenn, dann bewohnte er entweder Zimmer 104 oder Zimmer 106.

Verbündete

»Noch einmal in aller Form, Ellyn: Es tut uns sehr leid!«
»Ich hoffe, ich habe dir den Arm nicht zu doll verdreht.«
»Wir konnten ja nicht ahnen, dass –«
»Schon gut«, unterbrach Ellyn Djawadi die beiden Detektive und winkte lächelnd ab. Sie saßen auf Ben Pecks Terrasse in der Abendsonne und tranken Limonade, die Peter rasch aus dem Keller geholt hatte. »Ich bin ja heilfroh, dass das alles nur ein großes Missverständnis war. Hätte ich gewusst, dass Ben einen Enkel hat … Aber so musste ich von zwei jugendlichen Einbrechern ausgehen.«
»Wir dachten ja auch, dass du eine Einbrecherin bist«, sagte Peter. »Eine eiskalte übrigens. Ich hatte wirklich Schiss, du machst ernst!« Er sah auf die Waffe, die auf dem Tisch lag.
»Die Gaspistole trage ich bei mir, seit ich vor ein paar Jahren mal überfallen wurde. Das heißt nicht, dass ich sie jemals benutzt hätte. Ich wäre vorhin fast ohnmächtig geworden vor Angst! Ich dachte nur die ganze Zeit: Lass dir bloß nichts anmerken, lass dir bloß nichts anmerken! Wenn sie dir glauben, dass du eiskalt bist, dann tun sie dir nichts!«
»Das ist dir geglückt.«
»Fast. Am Ende habt ihr mich überwältigt.«
Justus seufzte erleichtert. »Nachdem das nun geklärt ist: Was tust du hier, Ellyn? Wie bist du in Mr Pecks Haus gekommen? Und warum?«
»Ich arbeite als Pflegerin in der Seniorenresidenz, in der Mr Peck wohnt, auf Sunny Island. Dort habe ich Ben ken-

nengelernt. Allerdings ist er seit gestern spurlos verschwunden. Doch das wisst ihr sicher längst.«
»Ja. Aber was hattest du in seinem Haus zu suchen?«
»Na, ihn«, antwortete Ellyn. »Ben. Ich hatte Angst, ihm könnte etwas zugestoßen sein. Die Heimleitung unternimmt in solchen Fällen nicht viel. Weil die Bewohner meistens, kurz nachdem sie verschwunden sind, orientierungslos von der Polizei aufgegriffen und zurückgebracht werden. Aber Ben war so verwirrt in den letzten Tagen, dass ich mir Sorgen gemacht habe. Ich wusste, dass er noch ein Haus in Rocky Beach hat. Also beschloss ich, nach Feierabend herzukommen und nachzusehen, ob er vielleicht hier ist. Die Adresse hatte ich von der Verwaltung.«
»Und wie bist du ins Haus gekommen?«, fragte Justus.
»Ich habe natürlich erst mal geklingelt und geklopft«, sagte Ellyn. »Nachdem keiner aufmachte, habe ich mich gefragt, wo Ben wohl seinen Zweitschlüssel aufbewahrt. Ich fand ihn dann unter den Blumentöpfen da vorn. Ich wollte wirklich nur kurz sehen, ob er da ist und nicht womöglich ohnmächtig irgendwo im Haus liegt. Ich war gerade im Obergeschoss, als ich auf einmal jemanden hörte. Ich ging zur Treppe, sah euch von oben und hielt euch für Einbrecher. Also habe ich mich im Bad versteckt.«
Peter seufzte. »Wie gut, dass der stets hellwache Mr Castro alles voll im Blick hat, nicht wahr, Just?« Er wurde wieder ernst und wandte sich an Ellyn: »Was ist los mit meinem Großvater? Erzähl uns bitte, was du weißt.«
Ellyn zuckte etwas ratlos die Schultern. »Er ist ein liebenswerter Kauz. Ich mochte ihn vom ersten Tag an, und er mich

auch, glaube ich. Aber er tat mir leid. Manchmal lassen die geistigen Fähigkeiten alter Menschen in kürzester Zeit nach, und er schien ein solcher Fall zu sein. Er musste so schnell ins betreute Wohnen verlegt werden.«

»Nun ja«, begann Justus und fragte sich, in wie viele Details sie Ellyn einweihen sollten. »Die Sache ist die: Wir beide glauben nicht so recht daran, dass Mr Pecks geistige Fähigkeiten wirklich nachgelassen haben.«

Ellyn nickte verständnisvoll. »Ich verstehe, dass es für die Familie häufig schwierig ist, zu akzeptieren –«

»Nein«, unterbrach Justus sie ruhig. »Ich will damit sagen: Es gibt Indizien dafür, dass Bennington Peck aus einem völlig anderen Grund auf der Insel war. Er war möglicherweise einer Sache auf der Spur. Wir vermuten, dass er in Schwierigkeiten geriet und daraufhin die Flucht ergriff.«

Ellyn runzelte die Stirn. »Einer ›Sache‹? Was meinst du?«

»Das wissen wir selbst noch nicht genau. Wir haben nur ein paar Hinweise und Vermutungen.«

»Was für Vermutungen?«

»Wirklich nichts Konkretes. Aber sagen dir die Namen Maria da Silva, James Swift und Martha Longingdale etwas?«

Ellyn nickte. »Interessant, dass du mich das fragst. Auch Ben Peck hat mich auf die drei angesprochen.«

»Tatsächlich? Was hat er denn gesagt?«

»Es war etwas rätselhaft«, sagte Ellyn nachdenklich. »Ich ging mit ihm durch den Park. Er hatte einen verwirrten Vormittag gehabt, doch in dem Moment war er auf einmal sehr klar. Er sagte: ›Wenn mir irgendetwas zustößt, Ellyn, oder wenn ich plötzlich spurlos verschwinden sollte, dann versuch, das Rätsel von Maria da Silva, James Swift und Martha Longingdale zu lösen!‹ Als ich ihn fragte, was er damit meint, ging er nicht weiter darauf ein.«

»Kennst du denn diese drei Leute?«

»Aber ja. Sie waren alle drei Bewohner von Sunny Island.«

»Waren?«

»Ja, sie wohnen nicht mehr dort.«

»Und kannst du dir einen Reim darauf machen, worauf Mr Peck hinauswollte?«

Ellyn nickte. »Es gibt bei uns eine etwas verschrobene Bewohnerin, die ständig von verschwundenen Leuten spricht.«

»Mrs Penny?«, fragte Peter.

»Ihr kennt sie?«

»Wir hatten kurz das Vergnügen.«

»Mrs Penny meint neuerdings, dass sie nachts den Tod umherwandeln sieht. Und dass Leute verschwinden würden.«

»Und?«, fragte Justus herausfordernd. »Sind diese Leute tatsächlich verschwunden?«

»Ja«, sagte Ellyn. »Aber sie sind nicht gestorben. Und sie haben sich auch nicht in Luft aufgelöst. Sie sind lediglich ausgezogen. Sie wohnen jetzt in anderen Pflegeheimen. Das ist das ganze Geheimnis. Aber Mrs Penny glaubt … Ehrlich gesagt weiß ich nicht, was sie glaubt. Dass der leibhaftige Tod sie geholt hat? Oder dass sie von Aliens entführt wurden? Sie hat jedenfalls eine sehr lebhafte Fantasie und erzählt auch gerne davon. Deshalb ging ich davon aus, dass Ben sich zu lange mit Mrs Penny unterhalten und sie ihn mit ihren Verschwörungstheorien angesteckt hatte.«

Justus dachte daran, dass Mrs Penny auch Mathilda Jonas

für eine vermisste Person gehalten hatte, und nickte nachdenklich. »Wohin sind sie denn gezogen?«

»Oh, das weiß ich nicht genau«, gestand Ellyn. »Aber ich kann bei der Verwaltung nachfragen, wenn ihr wollt. Wie seid *ihr* denn auf diese drei Namen gekommen?«

Justus zuckte mit den Schultern. »Mr Peck hatte sie notiert. Wir wissen nicht, wieso.«

»Du hast gesagt, Ben sei aus einem speziellen Grund auf der Insel gewesen. Meinst du, es hat etwas mit diesen drei ehemaligen Bewohnern zu tun?«

»Vielleicht«, sagte Justus.

»Aber er hätte nur bei der Verwaltung nachfragen müssen, um herauszufinden, dass sie bloß weggezogen sind.«

»Der Verwaltung hat er möglicherweise nicht vertraut«, sagte Justus und dachte an Mr Hoopers Warnung.

Peter hatte offenbar den gleichen Gedanken, denn er fragte: »Kennst du Neill Hooper?«

»Natürlich. Ben und Mr Hooper sind befreundet, stimmt's? Mr Hooper geht es leider sehr schlecht, er liegt seit einiger Zeit auf der Pflegestation.«

»Ist das eigentlich normal?«, wollte Justus wissen. »Dass jemand so plötzlich auf der Pflegestation landet, meine ich.«

Ellyn Djawadi zuckte mit den Schultern. »Was ist schon normal. Krankheitsverläufe sind nicht immer gleich. Manchmal kann es sehr schnell gehen. Das ist halt so.«

»Wir haben ihn besucht«, erzählte Peter. »Aber dann kam eine Schwester herein und hat uns verscheucht. Weil wir keine Besuchsgenehmigung hatten. Ist *das* normal?«

»Das ist eine Vorsichtsmaßnahme, zu der wir leider gezwun-

gen sind«, sagte Ellyn und seufzte. »Nicht nur wir übrigens. Das wird inzwischen überall so gehandhabt.«
»Vorsichtsmaßnahme? Aber warum denn?«
»Weil es zwielichtige Gestalten gibt, die die Wehrlosigkeit verwirrter Menschen schamlos ausnutzen. Zum Beispiel Staubsaugervertreter, die sich als Verwandte ausgeben und den alten Leuten etwas verkaufen, das sie überhaupt nicht brauchen. Und Staubsauger sind noch die harmlose Variante. Es wurden auch schon Flugreisen oder Autos verkauft ... an bettlägerige Bewohner! Sofern sie noch geschäftsfähig sind, ihre Unterschrift auf einem Kaufvertrag also vor dem Gesetz gültig ist, schweben sie in ständiger Gefahr, von Kriminellen ausgenommen zu werden. Erst recht bei uns auf Sunny Island, weil wir eine sehr noble Seniorenresidenz sind und unsere Bewohner über entsprechende finanzielle Mittel verfügen. Aber das alles hat nichts mit Ben zu tun«, kehrte Ellyn schließlich zum Thema zurück. »Was ist denn nun mit ihm? Warum ist er abgehauen?«
»Ehrlich gesagt hatte ich gehofft, dass du uns das verraten kannst«, antwortete Justus. »Mr Peck hat einem Freund erzählt, dass er dir vertraut. Dass man dich aufsuchen soll, falls etwas passiert.«
Ellyn schüttelte nachdenklich den Kopf. »Ich kann mir darauf leider keinen Reim machen.«
»Hm. Dass er dir vertraut hat, bedeutet natürlich nicht, dass er dich auch eingeweiht hat«, gab Justus seinen Denkfehler zu. Er seufzte. »Verflixt. Ich hatte so gehofft, dass du unsere Ermittlungen einen Schritt voranbringst. Aber das war wohl Wunschdenken.«

Ellyn konnte ein Schmunzeln nicht unterdrücken. »Eure Ermittlungen? Das klingt, als wärt ihr bei der Polizei.«
»Nicht ganz«, antwortete Justus und griff in seine Tasche, doch da hatte Peter die Visitenkarte der drei ??? schon in der Hand und reichte sie Ellyn.

»Meint ihr das ernst?«, fragte Ellyn.
»Absolut ernst«, antwortete Justus. »Wir haben schon eine Reihe von Fällen gelöst. Und wir sind davon überzeugt, dass wir es auch hier mit einem Verbrechen zu tun haben. Etwas Unrechtes geht auf Sunny Island vor. Ben Peck ist einem Geheimnis zu nahe gekommen und deshalb in Gefahr.«
Ellyn sah Peter und Justus nachdenklich an. »Ich will euch nicht zu nahe treten, Jungs, aber ich kann mir das nicht vorstellen. Ich wüsste nicht, was das für ein Verbrechen sein soll. Dafür weiß ich, wie alltäglich es in einer Seniorenresidenz ist, dass alte Leute abhauen, weil sie vergessen haben, dass sie dort wohnen. Und wie regelmäßig sie plötzlich Verfolgungswahn entwickeln und an jeder Ecke Verrat wittern.«
Ellyn schien zu merken, dass sie mit ihren Zweifeln bei den

beiden Jungen auf wenig Gegenliebe stieß, und ruderte schnell zurück: »Aber falls ihr wirklich recht habt, werde ich euch natürlich helfen. Bens Wohl liegt mir am Herzen. Wenn ich etwas tun kann, dann sagt es mir.«
Der Erste Detektiv nickte. »Vielleicht müssen wir schon bald auf dein Angebot zurückgreifen.«
»Hast du bereits einen Plan?«, fragte Ellyn.
»Den habe ich in der Tat. Wir müssen noch einmal zu Mr Hooper. Unser Besuch heute Nachmittag wurde leider unterbrochen. Du könntest uns dabei helfen, ungesehen auf die Insel zu gelangen.«
»Aber warum denn ungesehen? Geht doch einfach morgen zur normalen Besuchszeit hin und –«
»Ungesehen«, beharrte Justus. »Und so bald wie möglich.«
Ellyn lächelte unsicher. »Na schön, wenn du meinst. Ich könnte morgen versuchen, dich irgendwie an der Anmeldung vorbei in die Residenz zu schleusen.«
Justus schüttelte den Kopf. »Ich dachte an einen früheren Zeitpunkt.«
Sie hob fragend eine Augenbraue. »Früher?«
»Heute Nacht.«

Geld

»Ellyn war nicht begeistert«, bemerkte Peter, nachdem sie sich wenig später von der Pflegerin verabschiedet und auf den Weg zurück zum Schrottplatz gemacht hatten. »Und von unseren Theorien hält sie auch nicht viel.«
»Das heißt nichts«, gab Justus zurück. »Dein Großvater ist einem Geheimnis auf der Spur. Hätte Ellyn sofort gewusst, welchem Geheimnis, wäre es ja keines mehr.«
»Auch wieder wahr. Hoffentlich hat Bob ihn wirklich in diesem Hotel gefunden. Dann kann Opa alles aufklären. Ich werde gleich hinfahren. Willst du nicht doch mitkommen?«
Justus schüttelte den Kopf. »Ich will vor der Verabredung mit Ellyn noch herausfinden, ob es stimmt, was sie über Maria da Silva und die beiden anderen gesagt hat.«
»Du meinst, sie hat gelogen?«, fragte Peter erschrocken.
»Nein. Aber sie könnte selbst falsche Informationen haben.«
»Wenn Opa die Namen von Mrs Penny hat und Mrs Penny einfach nur spinnt, dann läuft diese Spur doch ins Leere.«
»Nicht unbedingt, Zweiter. Wir fanden die Namen auf dem Lesezeichen in einem der Bücher, die dein Großvater gelesen hat. Und zwar bei sich zu Hause. Da kannte er Mrs Penny noch gar nicht. Also werde ich ein wenig recherchieren. Wir telefonieren.«
Peter setzte den Ersten Detektiv am Schrottplatz ab und fuhr selbst weiter nach Santa Barbara. Inzwischen war es früher Abend. Tante Mathilda schloss gerade das große Tor zu.
»Justus, du warst ja den ganzen Tag unterwegs!«, sagte sie.

»Und das werde ich auch den ganzen Abend sein«, verkündete ihr Neffe. »Wir stecken gerade in Ermittlungen, die keinen zeitlichen Aufschub dulden, und deshalb –«
»Schon gut, schon gut.« Tante Mathilda winkte ab. »In einer Stunde gibt es Abendessen. Wenn deine wichtigen Ermittlungen dir eine Pause erlauben, würden dein Onkel und ich uns über deine Gesellschaft freuen.«
Justus zog sich in die Zentrale zurück und fing sofort an, alle Seniorenresidenzen und Pflegeheime rund um Oxnard anzurufen und sich nach Maria da Silva, James Swift und Martha Longingdale zu erkundigen. James Swift war der Erste, den er fand.
»Ja, der lebt hier«, erteilte eine unfreundliche Dame im Thousand Oaks Care Center widerwillig Auskunft. »Aber die Besuchszeit ist für heute vorbei. Und Sie brauchen eine Besuchsgenehmigung, wenn Sie kein Verwandter sind.«
»Wann kann ich denn mit ihm sprechen?«
»Sprechen? Gar nicht. Mr Swift ist bettlägerig und wird gefüttert. Er hat noch nie gesprochen, seit er hier lebt. Aber besuchen können Sie ihn natürlich trotzdem. Morgen ab zehn. Mit Besuchsgenehmigung.«
Ehe Justus sich für die Informationen bedanken konnte, hatte die Dame schon aufgelegt.
Einige Telefonate später hatte Justus auch Martha Longingdale und Maria da Silva aufgespürt. Sie waren in zwei anderen Heimen in der Nähe untergebracht. Auf Nachfrage erfuhr er, dass beide zwar noch ansprechbar waren, aber inzwischen so sehr in ihrer eigenen Welt lebten, dass es wenig Zweck hatte, sich mit ihnen zu unterhalten.

Der Erste Detektiv seufzte. Nun wusste er, dass Ellyns Informationen stimmten. Aber er hatte nach wie vor keine Ahnung, warum diese drei Personen für Ben Peck wichtig gewesen waren. Justus' Hoffnungen ruhten nun auf Neill Hooper.

Er verließ die Zentrale und ging hinüber zum Haus der Familie Jonas. Beim Abendessen blieb er so schweigsam, dass seine Tante schließlich sagte: »Himmel, Justus, ich weiß nicht, ob diese Ermittlungen, die ihr da ständig betreibt, auf die Dauer gut für dich sind. Du hast gerade Rosenkohl gegessen, den du gar nicht magst, und es nicht mal gemerkt.«

Justus verzog das Gesicht und trank einen Schluck Wasser.

»Was ist es denn diesmal?«, erkundigte sich Onkel Titus. »Gespenster? Bankräuber? Urzeitmonster?«

»Demenzkranke«, sagte Justus. »Und Altenheime.«

»Oh.«

»Das kann einen wirklich nachdenklich machen«, sagte Tante Mathilda verständnisvoll. »Ich möchte niemals in ein Altenheim. Allein die Vorstellung …«

»Keine Angst, Mathilda.« Onkel Titus legte fürsorglich seine Hand auf ihre. »Ich pflege dich, wenn du mal alt bist.«

Tante Mathilda lachte. »Oder andersherum!«

»Oder Justus pflegt uns beide«, schlug Onkel Titus vor. »Am besten ziehen wir in so eine Nobelresidenz, wo jeder Bewohner eine persönliche Pflegekraft hat.«

»Da müsstest du vorher allerdings noch ein paar tausend Lampenschirme und Plattensammlungen verkaufen, um dir das leisten zu können, Titus Jonas. Notfalls gewinnst du einfach im Lotto. Auf keinen Fall will ich in ein staatliches

Altenheim. Viel zu wenig Personal, alle sind unterbezahlt und überlastet, und keiner kümmert sich wirklich um die Bewohner. Furchtbar!«

Justus runzelte die Stirn. »Staatliche Altenheime?«

»Ja. In denen man untergebracht wird, wenn man nicht genügend Geld für ein privat geführtes hat«, erklärte Tante Mathilda. »Die werden mit Steuereinnahmen finanziert. Logisch, dass da nicht gerade Luxus herrscht.«

Der Blick des Ersten Detektivs erhellte sich. »Geld«, murmelte er.

»Wie bitte?«

»Geld! Natürlich! Am Ende geht es doch immer ums Geld! Dass ich darauf nicht gekommen bin!«

»Justus, würdest du das bitte lassen«, beschwerte sich Tante Mathilda. »Immer diese Geistesblitze am Esstisch. Kannst du nicht deinen Freunden damit auf die Nerven gehen?«

»Mache ich auch«, antwortete Justus und erhob sich abrupt vom Tisch. »Ich muss nur noch schnell eine Theorie verifizieren. Danke fürs Essen!«

Das gleichzeitige Kopfschütteln seines Onkels und seiner Tante bekam er schon nicht mehr mit. Er verließ das Haus, lief über den Schrottplatz und betrat die Zentrale. Im Internet hatte er nach kurzer Zeit herausgefunden, was er wissen wollte: Martha, Maria und James waren allesamt in staatlich geführten Heimen untergebracht worden. Nachdem sie jahrelang luxuriös auf Sunny Island gelebt hatten.

Das hieß, dass sie einmal reich gewesen waren. Und nun waren sie es nicht mehr.

Geld.

Unter Beobachtung

»Und?«, fragte Peter, nachdem er sich zu Bob in den Käfer gesetzt und die Beifahrertür geschlossen hatte. Wegen des Feierabendverkehrs hatte er deutlich länger nach Santa Barbara gebraucht als erwartet. Es war schon fast acht und die Sterne standen bereits am Himmel. Die weißen Wände des Spanish Gardens wurden von versteckten Leuchten angestrahlt.
»Nichts passiert bis jetzt«, antwortete Bob und warf einen gierigen Blick auf die Papiertüte in Peters Hand. Er hatte den Zweiten Detektiv extra angerufen, damit dieser ihm von unterwegs ein paar Hamburger mitbrachte. »Hast du was zu essen dabei? Ich sterbe vor Hunger.«
Peter warf ihm die Tüte in den Schoß und Bob machte sich wie ein wildes Tier über den Inhalt her. Währenddessen berichtete Peter von der Begegnung mit Ellyn und von Justus' Plan, mit ihrer Hilfe noch in dieser Nacht ein zweites Mal Mr Hooper aufzusuchen.
Er war gerade fertig mit seinem Bericht, als sich von hinten ein Auto näherte. Bob warf einen Blick in den Rückspiegel. Es war ein Polizeiwagen. Er wurde verdächtig langsam. Dann jaulte kurz die Sirene auf und die Warnlichter schickten einen rot-blauen Blitz in die Dunkelheit. Der Wagen hielt hinter dem Käfer. Ein Polizist stieg aus, stand kurz darauf neben der Fahrertür und klopfte gegen die Scheibe.
Bob kurbelte sie herunter und blickte in ein bärtiges und griesgrämiges Gesicht. »Guten Abend, Officer«, sagte der dritte Detektiv so höflich wie möglich.

Das eisige Licht einer Taschenlampe blendete ihn. »Darf man fragen, was ihr hier macht?«,

»Wir stehen hier und ... äh ... warten.«

Der Mann streckte fordernd die Hand aus. »Papiere.«

»Wie bitte?«

»Fahrzeugpapiere und den Führerschein. Oder hast du noch keine Fahrerlaubnis, Milchbubi?«

»D... doch, habe ich«, antwortete Bob und kramte alles hervor.

Der Polizist sah sich die Dokumente sehr lange an. Dass er nichts fand, was er beanstanden konnte, gefiel ihm offenbar nicht. »Ihr verschwindet jetzt hier!«

»Wie bitte? Aber warum denn?«, begehrte Peter auf. »Wir stehen hier doch bloß. Dies ist ein freies Land und –«

»Vom Hotel hat sich jemand beschwert. Die Gäste fühlen sich belästigt. Und wenn ihr nicht sofort verschwindet, nehme ich euch mit aufs Präsidium.«

Peter lachte empört auf. »Das ist ja wohl –«

»... nicht die Art und Weise, wie wir unsere Nacht verbringen wollen«, unterbrach Bob den Zweiten Detektiv und ließ eilig den Motor an. »Wir werden nach Hause fahren, Officer. Haben Sie noch einen schönen Abend.«

Der Polizist brummte etwas Unverständliches und Bob beeilte sich, den Wagen anzulassen und loszufahren.

»Was soll denn das, Bob?«, fragte Peter wütend.

»Hast du nicht gemerkt, dass der auf Ärger aus war? Der hätte uns niemals da stehen bleiben lassen!«

»Aber wir *dürfen* da stehen!«

»Das hat den aber nicht *interessiert*!«

»Wir müssen doch das Hotel überwachen!«
»Beruhige dich, Zweiter, das werden wir auch. Wir fahren jetzt zweimal um den Block, dann parken wir den Wagen ein Stück weiter weg, gehen zu Fuß zurück und suchen uns ein Fleckchen, an dem man uns vom Hotel aus garantiert nicht sehen kann.«
Kurz darauf stand der Käfer außer Sichtweite in einer Seitenstraße, und Bob und Peter hockten auf einer Friedhofsmauer unter einer Kastanie, knapp hundert Meter vom Hotel entfernt, aber mit sehr guter Sicht auf das Gebäude und die erleuchteten Fenster. Sollte der Streifenwagen zurückkommen, konnten sie sich blitzschnell hinter der Mauer verstecken.
Fünf Minuten lang hatten sie das Spanish Gardens nicht im Blick gehabt.
Das hatte für den Fahrer des roten Mercedes gereicht, um sich ungesehen dem Hotel zu nähern, den Wagen hinter einem Baum zu parken und das Hotel zu betreten.

Auf Sunny Island waren schon fast alle Lichter gelöscht. Es war gerade erst zehn Uhr, doch vom Festland aus gesehen lag die Insel bereits dunkel im schwarzen Wasser, umspielt von silbern schäumenden Wellen. Nur die verschlungenen Holzwege und einige wenige Fenster waren schwach beleuchtet.
Justus war mit Onkel Titus' Pick-up hergekommen. Nun stand er an der Küstenstraße und wartete, bis Ellyns Wagen auf den Parkplatz rollte. Die Pflegerin stieg aus und kam auf ihn zu. Sie sah besorgt aus.

»Ich sage es ganz ehrlich, Justus: Wohl ist mir nicht bei der Sache. Wenn ich dabei erwischt werde, wie ich einem Unbefugten nachts Zutritt zur Residenz verschaffe, kann mich das meinen Job kosten. Und dann auch noch einen Tag vor der Kommission, wo alle immer besonders nervös sind …«

»Kommission?«, fragte Justus.

»Wir haben regelmäßige Visiten von einer Kommission des Gesundheitsamts. Da werden die hygienischen Zustände kontrolliert, die medizinische Versorgung, die Sicherheit und so weiter. Morgen früh um zehn ist es mal wieder so weit. Wahrscheinlich herrscht in der Buchhaltung sogar noch Betrieb, damit die ganzen Akten morgen auf Hochglanz sind. Dass ich ausgerechnet eine Nacht zuvor mit dir hier herumschleiche, macht sich überhaupt nicht gut.«

»Niemand wird uns sehen«, versuchte Justus, ihr Mut zuzusprechen. Gleichzeitig meldete sich sein schlechtes Gewissen. Wenn sie *doch* gesehen wurden und Ellyn deswegen Ärger bekam …

»In puncto Buchhaltung: Ich habe inzwischen herausgefunden, dass Mrs Longingdale, Mrs da Silva und Mr Swift alle drei in staatlichen Einrichtungen untergekommen sind. Und das, obwohl sie vorher wohlhabend genug waren, um sich Sunny Island leisten zu können.«

Ellyn sah ihn fragend an. »Und?«

»Findest du das nicht ungewöhnlich?«

»Nein, Justus. Wenn einem Bewohner das Geld ausgeht, muss die Heimleitung ihn leider woanders unterbringen. Das ist nun mal nicht anders möglich in einer privaten Seniorenresidenz. Manchmal reichen die Ersparnisse eben nicht.«

»Schon. Aber es muss doch mehr dahinterstecken, sonst hätte Mr Peck sich nicht diese drei Namen notiert.«
Ellyn seufzte. »Mag ja sein, dass Ben da mehr vermutet hat. Aber die Verlegung eines Bewohners in eine staatliche Einrichtung ist ein absolut normaler Vorgang.«
Justus spürte, wie Zweifel an seiner eigenen Theorie in ihm aufstiegen, und das gefiel ihm gar nicht. »Hören wir mal, was Mr Hooper dazu sagt«, schlug er vor und blickte wieder zur Insel. »Wie kommen wir hinüber?«
»Mit meinem Wagen. Auf der Insel gibt es einen kleinen Parkplatz für Angestellte. Allerdings ist das Wachhäuschen an der Schranke auch nachts besetzt, du musst dich also im Fußraum der Rückbank verstecken.«
Der Plan funktionierte. Zusammengekauert hinterm Beifahrersitz hörte Justus, wie Ellyn kurz mit dem Wachmann sprach und dann weiterfuhr. Als der Wagen hielt, befanden sie sich auf einem kleinen, etwas abseits gelegenen Parkplatz. Von dort aus führte Ellyn den Ersten Detektiv über schmale Wege und Treppen zu einer geschlossenen Stahltür auf der Rückseite eines großen Gebäudes.
»Ist das nicht Haus zwei?«, fragte Justus.
»Ja. Aber es gibt einen Verbindungsgang zwischen Haus zwei und drei, den nehmen wir. Dies ist der Lieferanteneingang für die Küche. Ich werde vorne reingehen, Carol am Empfang sagen, dass ich im Aufenthaltsraum etwas vergessen hätte, und dir dann hier aufmachen.«
Justus nickte. »In Ordnung.«
»In drei Minuten«, versprach Ellyn und ging.
Justus lauschte dem Meeresrauschen, während er wartete.

Dann wurde die Stahltür von innen geöffnet. Ellyn winkte ihn herein und Justus fand sich in einer dunklen, weiß gekachelten Großküche wieder.
»Wird Carol am Empfang sich nicht wundern, wenn du nicht wieder zurückkommst?«
Ellyn schüttelte den Kopf. »Ich habe ihr gesagt, dass ich hinten rausgehe.«
»Gibt es hier eigentlich eine Nachtschwester, die uns in die Quere kommen könnte?«
»Natürlich. Mehrere. Aber die sind in der Regel in den Schwesternzimmern, wenn sie nicht von den Bewohnern rausgeklingelt werden.«
»Wie groß ist die Gefahr, dass wir auf dem Weg zu Mr Hooper jemandem begegnen?«
»Schwer zu sagen. Manchmal ist es die ganze Nacht ruhig, manchmal ist Daueralarm. Das kann man nie wissen.«
Gleich hinter der Küche lag der Speisesaal – groß, dunkel und verlassen. Danach betraten sie die von grünlichen Nachtlichtern schwach beleuchteten Flure. Justus' Schritte quietschten schrecklich laut auf dem Linoleumboden.
Ellyn führte ihn durch ein Labyrinth aus Korridoren, bis sie den gläsernen Verbindungsgang erreichten, durch den man in den dritten Gebäudekomplex gelangte. Durch ein schwach beleuchtetes Treppenhaus gingen sie in den zweiten Stock und standen endlich vor Mr Hoopers Zimmertür.
»Das wäre geschafft«, flüsterte Justus und drückte leise die Klinke herunter. Nacheinander betraten sie den Raum.
Es war dunkel, doch Justus hörte Mr Hoopers gleichmäßigen Atem. Der Erste Detektiv trat an das Bett heran, wo ein

wenig Mondlicht durch das Fenster auf die Decke fiel. »Mr Hooper«, flüsterte er. »Mr Hooper, hören Sie mich? Wachen Sie auf!«

Doch der alte Mann schlief tief und fest. Als Justus ihn an der Schulter berührte, zuckten nicht einmal seine Augenlider.

»Hast du eine Idee, wie wir ihn wach bekommen?«

Ellyn schüttelte den Kopf. »Ich hatte befürchtet, dass das passieren könnte. Du weißt ja, Mr Hooper hat nur noch selten wache Momente und –«

Plötzlich ertönte ein leises elektronisches Fiepen und der Fernseher an der Wand flammte auf. Der Bildschirm erwachte zum Leben, als hätte ihn jemand mit einer Fernbedienung eingeschaltet.

Justus runzelte irritiert die Stirn. Vielleicht eine Fehlfunktion? Der Erste Detektiv rechnete mit einem normalen Fernsehsender, doch stattdessen sah er das grobkörnige Bild eines dunklen Raums. Die Bildqualität war wie von einer einfachen Videokamera. Plötzlich schob sich von rechts eine schreckliche Fratze ins Bild.

Ein bleicher Totenschädel starrte in die Kamera. Die Augen lagen so tief in den Höhlen, dass sie unsichtbar waren bis auf ein rotes Glimmen, als würde die Glut einer Zigarettenspitze reflektiert werden.

Dann erklang eine Stimme. Gedämpft und raunend, beinahe so, als spräche der Schädel zu sich selbst, sagte er: »Dann wollen wir doch mal schauen, ob du mich sehen kannst. Na, siehst du mich? Hörst du mich? Ah, *da* bist du! Ich sehe dich und du siehst mich. Sehr gut, sehr gut, *sehr gut* …«

Der doppelte Tod

Justus starrte auf den Bildschirm mit dem Totenkopf, der Totenkopf starrte zurück.
»Was zur Hölle –«
»Sieh doch!« Ellyn zeigte zum Fenster.
Justus blickte hinaus. Das Fenster ging zwar hinaus aufs Meer, man konnte aber auch einige andere Gebäudeflügel sehen. Hinter jeder Scheibe flackerte graublaues Licht, so als sei in allen Zimmern der Fernseher angesprungen und zeige das gleiche Bild.
»Justus, was geht hier vor?«, fragte Ellyn ängstlich.
»Ich weiß es nicht. Aber das ist keine normale Fernsehübertragung. Da speist jemand das Bild einer Videokamera ein! Ellyn, von wo aus werden die Werbevideos und die Wetternachrichten auf die Bildschirme übertragen?«
Ellyn Djawadi sah Justus irritiert an. »Wie bitte?«
»Wo wird die ganze Videotechnik gesteuert, Ellyn? Schnell, ich will den Kerl mit der Totenkopfmaske erwischen!«
Ellyn wies in eine unbestimmte Richtung. »In Haus zwei. Erdgeschoss, am Ende des Hauptflurs.«
»Bring mich hin!«, sagte Justus und war schon bei der Tür. »Beeilung!«
Endlich geriet Ellyn in Bewegung und übernahm die Führung. Während sie den Gang hinunterliefen, flammten über den Zimmertüren immer mehr rote Lampen auf.
»Die Bewohner sind aufgewacht und klingeln nach der Nachtschwester«, erklärte Ellyn gehetzt.

»Die dürfen uns nicht erwischen!«
»Dann hier lang!«, sagte Ellyn und zog ihn in ein Treppenhaus.
Für ein paar Momente verlor Justus die Orientierung, bevor er sich in dem Glasgang wiederfand, der Haus drei und zwei miteinander verband. Auf allen Monitoren, an denen sie vorbeikamen, war der Totenschädel zu sehen.
»Da vorn ist der Hauptflur!«, keuchte Ellyn. »Dort links um die Ecke und dann die letzte Tür ganz am Ende!«
Justus nickte und überholte sie. Als er um die Ecke bog, bekam er einen Riesenschreck, denn plötzlich stand eine weiße, faltige Gestalt mit wallendem Haar vor ihm.
Es war Mrs Penny in einem Nachthemd.
Sie erschrak ebenfalls so sehr, dass sie sekundenlang nach Luft schnappte, bevor sie einen Schrei ausstieß.
In dem Moment zuckte der Totenschädel auf dem Bildschirm über ihnen zusammen, eine Hand griff Richtung Kamera und das Bild erlosch.
Die Gestalt mit der Maske hatte den Schrei gehört und die Übertragung abgebrochen! Das bedeutete, sie musste ganz in der Nähe sein!
»Kein Grund zur Panik, Mrs Penny, es ist alles in Ordnung«, beeilte sich Justus zu sagen. »Da kommt Miss Djawadi, die kann Ihnen alles erklären.«
»Aber …«, begann Mrs Penny, doch da war der Erste Detektiv schon weitergelaufen. Er rannte den Hauptflur hinunter, die letzte Tür die ganze Zeit im Blick. Der Täter musste noch dort sein!
Atemlos erreichte er das Korridorende. Auf der letzten Tür

stand »Technik«. Justus zögerte keine Sekunde und drückte die Klinke herunter. Die Tür war unverschlossen und schwang nach innen auf. Der Raum dahinter war nicht besonders groß und dunkel bis auf eine Reihe leuchtender und blinkender Lämpchen. Justus tastete nach einem Lichtschalter, fand ihn, und nachdem die Neonröhren an der Decke flackernd angegangen waren, sah er, dass niemand hier war. Er befand sich in der Zentrale für die Haustechnik. Eine Menge Schaltpulte und Computer standen auf einfachen Bürotischen. Wasserversorgung, Heizung, Sicherheitstechnik – all das konnte von hier aus gesteuert werden. Auch die Übertragung des Fernsehprogramms, wie der Erste Detektiv mit einem schnellen Blick erkannte.

Aber es war trotzdem niemand hier.

Ein Schrei ließ Justus herumfahren. Er eilte zurück auf den Flur. An dessen Ende sah er Ellyn und Mrs Penny aufgeregt winken. Er rannte zu ihnen.

»Da war jemand!«, rief Ellyn. »Ich habe ihn nicht erkannt, es war zu dunkel, aber er kam aus der Cafeteria da vorn.« Sie deutete auf eine offene Tür, nicht weit entfernt. »Als er uns sah, ist er abgehauen.«

Mrs Penny nickte eifrig.

»In welche Richtung?«

Die beiden Frauen zeigten auf eine Glastür, die ins Freie führte. Justus spähte hinaus und sah einen flüchtenden Schatten zwischen den Felsen. Der Erste Detektiv stieß die Tür auf und rannte hinterher!

Der Fremde lief hinunter zum Strand. Er hatte einen beträchtlichen Vorsprung, doch zum Glück war er nicht sehr schnell. Obwohl Justus wahrlich nicht der beste Läufer war, holte er langsam auf. In der Bucht angekommen, hatte er den Flüchtenden dennoch aus den Augen verloren. Keuchend blieb der Erste Detektiv stehen. Da röhrte plötzlich ein Außenbordmotor auf, ein Schatten löste sich aus der Dunkelheit und glitt aufs Meer hinaus. Wenige Augenblicke später drehte das kleine Motorboot ab und verschwand aus dem Blickfeld. Das Motorengeräusch verhallte.

Verärgert und frustriert lief Justus zu der Stelle, an der das Boot offenbar festgemacht gewesen war. Sein Blick fiel auf etwas, das im Sand lag. Etwas, das im Mondlicht weiß schimmerte. Es war eine schwarze, gestrickte Strumpfmaske mit aufgedrucktem weißem Totenkopf. Zog man sie sich über das Gesicht, wurde der eigene Kopf zum Totenschädel. Jetzt, auf dem Boden liegend, sah es für Justus so aus, als lachte das Antlitz des Todes ihn aus.

Als der Erste Detektiv ins Gebäude zurückkehrte, hörte er überall Schritte und Stimmen. Die Totenkopferscheinung hatte anscheinend das halbe Haus aufgeweckt. Zum Glück gab es hier im Hauptkorridor keine Zimmer, er verband lediglich die einzelnen Gebäudeflügel miteinander. Deshalb war niemand zu sehen. Abgesehen von Ellyn und Mrs Penny, die ihm jetzt entgegenkamen.

»Ich wusste es!«, bestürmte die alte Dame den Ersten Detektiv. »Du hast also eingesehen, dass auf dieser Insel seltsame Dinge vor sich gehen! Sonst wärst du nicht mitten in der Nacht hier. Heute Nachmittag hast du doch behauptet, du würdest mir nicht glauben!«

»*Sie* haben das behauptet, Mrs Penny, nicht ich«, stellte Justus richtig. »Aber auf jeden Fall glaube ich Ihnen jetzt.«
»Hast du ihn erwischt?«, fragte Ellyn.
»Nein«, bekannte Justus. »Aber ich habe das hier gefunden.« Er zeigte ihr die Totenkopfmaske. »Der wandelnde Tod, Mrs Penny. Das ist er. Nur eine Maske, sehen Sie?«
Mrs Penny runzelte die Stirn. »Das war doch nicht der Tod!«
Justus verstand nicht. »Wie meinen Sie das?«
»Das war nicht der Tod«, wiederholte Mrs Penny. »Dieser Totenkopf im Fernsehen hat nichts mit der Gestalt zu tun, die hier nachts umherwandelt.«
»Nicht?«
Mrs Penny schüttelte den Kopf. »Diese Maske habe ich noch nie zuvor gesehen.«
»Aber … aber ich dachte …« Justus sah Ellyn fragend an, doch auch die zuckte nur mit den Schultern. »Wie sieht denn diese andere Gestalt aus?«
»Groß«, antwortete Mrs Penny. »Und weiß. Wie ein Geist. Mit einem schrecklichen Gesicht, ungefähr …« Sie verstummte. Ihr Blick ging an Justus vorbei und fixierte etwas, das hinter ihm lag. Mrs Pennys Augen weiteten sich. »So!«, hauchte sie und zeigte den Flur hinunter.
Justus drehte sich um.
Am Ende des Ganges stand eine hell gekleidete Gestalt, groß und breitschultrig und leicht hin und her wankend. Das Gesicht war weiß und grotesk verzerrt, der Mund riesig aufgerissen zu einem stummen Schrei, die Nase und die Augen nur hässliche ausgefranste Löcher. Der Anblick war schaurig. Justus spürte eine Gänsehaut am ganzen Körper.

Die Gestalt schwankte wie ein Zombie, während sie sich mit schlurfenden Schritten vorwärtsbewegte.
»Was ist das?«, flüsterte Ellyn entsetzt.
»Der Tod«, sagte Mrs Penny.
Entschlossen straffte der Erste Detektiv die Schultern und ging auf die Gestalt zu, die ihn noch nicht bemerkt zu haben schien. Erst als Justus nur noch wenige Meter entfernt war, blieb das Wesen stehen und wandte ihm sein entstelltes Gesicht zu. Justus erkannte, dass auch dies eine Maske war. Sie bestand aus einem weißen, knetgummiähnlichen Material, das frei formbar war. Er hatte solche Masken schon einmal im Theater gesehen. Aus der Ferne sahen sie grausig aus, doch aus der Nähe betrachtet waren sie eben nichts weiter als das – Knetgummimasken.
Der Mann – bei der Körpergröße und Statur konnte es nur ein Mann sein – trug einen weißen Schlafanzug und brabbelte unentwegt vor sich hin. An Justus' Anwesenheit schien er sich nicht zu stören.
»Ich bin deines Vaters Geist«, kam es dumpf unter der Maske hervor. »Verdammt, auf eine Zeit lang nachts zu wandern.«
Die Worte kamen Justus sehr bekannt vor. So wie die Größe von bestimmt zwei Metern und der wankende Gang. Der Erste Detektiv war sich auf einmal ziemlich sicher, wer unter der Maske steckte.

Auf ganzer Linie versagt

Wäre es nicht langsam kühl geworden, wäre Peter auf der Mauer wahrscheinlich eingeschlafen.

Es war schon fast elf Uhr. In regelmäßigen Abständen waren Bob und er zum Hotel gelaufen, um zu sehen, ob sich etwas Verdächtiges tat. Bei jedem sich nähernden Wagen blickten sie gespannt auf, doch immer wieder wurden sie enttäuscht. Das Pärchen, das Bob am Nachmittag belauscht hatte, war zurückgekehrt. Mehr hatte sich nicht ereignet.

»Wie lange wollen wir das eigentlich durchziehen?«, fragte Bob gähnend.

»So lange, wie es nötig ist. Wenn Opa wirklich hier wohnt, muss er ja irgendwann wiederkommen.«

»Aber vielleicht war von einem ganz anderen Schnarcher die Rede«, überlegte Bob. »Ich bin mir da inzwischen nicht mehr so sicher.«

»Du kannst nach Hause fahren, wenn du willst. Ich bleibe hier. Meine Eltern sind ja eh nicht da.«

»Und meine glauben, dass ich bei dir übernachte.«

»Tust du ja auch gewissermaßen«, meinte Peter.

Wieder tasteten sich die Scheinwerfer eines näher kommenden Wagens durch die Nacht, doch Bob und Peter sahen kaum noch hin – bis das Auto langsamer wurde und tatsächlich vor dem Hotel hielt. Sie erkannten das Modell erst, als das blendende Licht ausgeschaltet wurde. Da öffnete sich auch schon die Tür, ein Mann stieg aus und ging eilig auf den Hoteleingang zu.

»Opa!«, keuchte Peter und sprang von der Mauer. Er rannte los. Doch ihr Versteck war so weit vom Eingang entfernt, dass der Mann, in dem er seinen Großvater erkannt zu haben glaubte, schon ins Gebäude verschwunden war, als Peter das Tor erreichte.

Der Zweite Detektiv spurtete quer durch den Hof und ins Hauptgebäude. Suchend blickte er sich um. Opa war nirgends zu sehen. Die Hunderter-Zimmer waren vermutlich im ersten Stock. Peter war schon auf halbem Weg zum Treppenaufgang, als der Mann an der Rezeption ihn zurückpfiff.

»Moment, Moment, Moment, junger Freund, nicht so hastig!«

Da kam auch Bob keuchend zur Tür herein.

»Du bist doch der Junge, der vor ein paar Stunden schon hier war!«, erkannte der Portier verärgert.

»Ganz recht. Und Sie haben mich angelogen. Der Mann, nach dem ich gefragt habe, hat gerade das Hotel betreten.«

»Das ist mein Opa«, erklärte Peter und ging erneut auf die Treppe zu. »Ich muss zu ihm!«

»Halt!«, rief der Portier wütend. »Solange ihr keine Hotelgäste seid, ist euch der Zutritt –«

Weiter kam er nicht. Über ihren Köpfen polterte und rumpelte es.

Alle blickten zur Decke.

Jemand schrie. Dann trampelten Schritte.

Peter war es jetzt egal, ob der Portier etwas dagegen hatte. Mit einem Satz war er bei der Treppe und rannte hoch. Was hatte Bob für eine Zimmernummer herausgefunden? 104 oder 106! Also nach rechts!

Peter erreichte die Tür mit der Nummer 104 und rüttelte am Knauf, doch es war abgeschlossen. Als er zur 106 eilte, flog die Tür 105 auf und ein empörter Mann im Schlafanzug stürmte in den Flur. Er fummelte sich gerade die Stöpsel aus den Ohren. »Hat man denn hier nie seine –«

Der Zweite Detektiv rannte direkt in ihn hinein.

Keuchend ging der Mann zu Boden. Peter stolperte und schlug lang hin.

»Hilfe!«, rief der Mann. »Überfall!«

»Quatsch!«, herrschte Peter ihn an, rappelte sich wieder hoch und riss die Tür zu Zimmer 106 auf.

Es war menschenleer. Dafür waren ein Stuhl und ein kleiner Schreibtisch umgestürzt. Und das Fenster stand offen.

Peter blickte hinaus in die Dunkelheit. Da! Zwei Männer rannten durch den Hof, der eine verfolgte den anderen!

»Opa!«, rief Peter, der seinen Großvater jetzt deutlich erkannte, doch da waren die beiden schon vorn auf der Straße. Peter sah, dass ein Pflanzenspalier an der Wand befestigt war, das den beiden Männern das Hinunterklettern sehr leicht gemacht hatte. Er war schon halb aus dem Fenster, um die Verfolgung aufzunehmen, als er plötzlich von hinten gepackt und herumgerissen wurde. Der Mann mit den Ohrstöpseln stand wutschnaubend vor ihm.

»Sooo nicht, Freundchen, sooo nicht!«

»Lassen Sie mich los, da liegt ein Missverständnis vor!«

»Das kannst du der Polizei erzählen, die ich gleich anrufen werde!«

»Sie können anrufen, wen Sie wollen, aber jetzt lassen Sie mich endlich los!«

Nun stürmten auch noch Bob und der Portier in den Raum. Alle redeten gleichzeitig und versuchten, sich gegenseitig zu übertönen. Da heulten draußen Motoren auf und zwei Autos schossen mit quietschenden Reifen die Straße hinunter. Peter erkannte den alten Ford seines Opas und einen roten Mercedes, bevor beide um die Ecke verschwanden. Wütend schlug er mit der geballten Faust gegen die Wand. Doch es half nichts. Opa war weg, auf der Flucht vor seinem Häscher. Ihre Mission war gescheitert.

Peter und Bob waren todmüde, als sie endlich kurz nach eins in Rocky Beach ankamen. Vor dem Haus der Familie Shaw wartete Justus bereits auf sie.
»Da seid ihr ja endlich«, murrte der Erste Detektiv.
»Santa Barbara ist nun mal nicht um die Ecke«, sagte Peter, während er die Haustür aufschloss.
»Wir hätten uns in der Zentrale treffen sollen, wie sich das gehört«, grummelte Justus weiter.
»Wenn ich schon mal sturmfreie Bude habe, müssen wir das auch ausnutzen«, hielt Peter dagegen und führte seine Freunde ins Wohnzimmer.
Das Wohnzimmer, in dem erst heute Morgen der ganze Schlamassel angefangen hatte. Es kam Peter vor, als wären seitdem Wochen vergangen.
Er und Bob berichteten dem Ersten Detektiv, was sich in Santa Barbara ereignet hatte.
»Es hat ewig gedauert, bis wir diesen blöden Portier und den Hotelgast davon überzeugen konnten, dass wir keine bösartigen Kriminellen sind«, sagte Peter genervt.

»Als er uns endlich geglaubt hat, hat der Portier dann zugegeben, dass er von Mr Peck Geld bekommen hat, damit er so tut, als hätte er ihn noch nie gesehen.«

»Und außerdem hat sich herausgestellt«, fuhr Peter fort, »dass uns nicht das Hotel den Streifenwagen auf den Hals gehetzt hat. Der Portier wusste von nichts. Also hat wahrscheinlich der Mann im roten Mercedes die Polizei angerufen. Um uns vom Hotel wegzulocken. Damit er selbst ungesehen hineingehen und Opa auflauern konnte. Hat ja auch geklappt. Und jetzt ist er hinter Opa her, hat ihn womöglich schon erwischt, und wir können absolut nichts unternehmen!« Wütend ballte er die Fäuste.

Nun erzählte Justus von seinen Erlebnissen auf Sunny Island, von der Totenkopferscheinung im Fernsehen bis zu dem Hünen im weißen Schlafanzug.

»Die Statur des Mannes war mir gleich bekannt vorgekommen. Als er dann noch aus Hamlet zitierte, war mir klar, wer sich unter der Knetgummimaske verbirgt.«

Bob runzelte die Stirn. »Aus Hamlet zitierte?«

»Peter und ich sind heute Nachmittag zwei Mal einem Heimbewohner begegnet, der herumlief und dabei unentwegt etwas vor sich hin murmelte. Und zwar Zitate aus dem Shakespeare-Stück Hamlet. Und das tut er anscheinend auch nachts. Dann trägt er dazu seine alte Theatermaske. Ellyn konnte berichten, dass Mr Turner früher Mitglied der Shakespeare Company war. Jahrzehntelang stand er als Schauspieler auf der Bühne. Heute weiß er schon mittags nicht mehr, was er zum Frühstück gegessen hat, aber an seine Texte erinnert er sich noch sehr gut. Also wandelt er nachts durchs Seniorenheim und erweckt den Geist von Hamlets Vater zum Leben. Niemand bekam davon etwas mit, außer Mrs Penny, die ihm regelmäßig auf ihren nächtlichen Streifzügen begegnete. Aber ihr glaubte natürlich niemand.«

»Und was hat das mit dem Typ mit der Totenkopfmaske zu tun?«

»Ich habe absolut keine Ahnung«, gestand Justus. »Der ist mir ja entwischt. Und zu Neill Hooper konnte ich danach nicht noch mal gehen. Die Flure wimmelten von Personal und verängstigten Bewohnern. Man hätte Ellyn und mich entdeckt.«

»Wir haben auf ganzer Linie versagt«, seufzte Peter niedergeschlagen. »Wir haben exakt *nichts* herausgefunden. Wir konnten Opa nicht mal beschützen! Am liebsten würde ich meine Eltern anrufen und ihnen alles erzählen. Aber das bringt ja auch nichts.«

Frustriert öffnete der Zweite Detektiv eine Chipstüte. Mechanisch stopfte er die Chips in sich hinein, bis Justus ihm die Packung aus der Hand riss und selber anfing zu futtern.

»Wollen wir nun über den Fall reden oder Chips essen?«, fragte Bob.

»Chips essen«, schmatzte Justus. »Ich bin unterzuckert. Mein Gehirn braucht Energie, sonst kann ich nicht denken.«

»Das ist aber vor allem Fett, kein Zucker«, hielt Bob dagegen.

»Das ist meinem Gehirn vollkommen egal.«

»Kommt schon, Leute«, sagte Peter. »Wir brauchen jetzt einen Plan. Wir müssen irgendwie –«

Der Zweite Detektiv verstummte. Sein Blick war durch das Fenster in den Garten gefallen. Da hatte sich etwas bewegt! Draußen war jemand!
»Peter, was ist denn?«
»Redet ganz unauffällig weiter«, murmelte der und wandte den Blick vom Fenster ab.
»Hä? Was?«
»Ihr sollt unauffällig weiterreden. Ich habe gerade jemanden durchs Fenster gesehen. Nicht hingucken! Sonst merkt er was! Ihr lasst euch nichts anmerken und ich tue so, als würde ich aufs Klo gehen. Dann schleiche ich mich vorne raus und in den Garten.«
»Guter Plan, Zweiter!«, sagte Justus und griff scheinbar seelenruhig wieder in die Chipstüte.
Peter erhob sich so selbstverständlich wie möglich und verließ den Raum. Im Flur huschte er zur Haustür, öffnete sie einen Spalt und schob sich nach draußen. Lautlos umrundete er das Haus, bis er an der Ecke zum Garten stand. Niemand war zu sehen, aber es war auch verdammt dunkel.
Peter beschloss, im Gartenhaus nachzuschauen. Geduckt schlich er hin und spähte durchs Fenster, doch auch drinnen war niemand.
Plötzlich legte sich eine warme Hand von hinten auf seinen Mund. Peter wollte schreien, doch Ben Peck raunte ihm ins Ohr: »Sei bloß still, Peter Shaw, sonst streiche ich nächstes Jahr dein Geburtstagsgeld!«

Die Rückkehr des Bennington Peck

Für einen Moment war Peter so perplex, dass er kaum in der Lage war, Luft zu holen. »Opa!«, stieß er schließlich hervor und fiel seinem Großvater um den Hals. »Opa, bin ich froh! Geht es dir gut? Was hast du bloß angestellt!?«

»Angestellt, also wirklich!«, entgegnete Ben Peck halb entrüstet, halb gerührt. »Ist das eine Art, seinen eigenen Großvater zu begrüßen? Außerdem bist du derjenige, der was angestellt hat. Was hattest du, in drei Teufels Namen, mitten in der Nacht in meinem Hotel zu suchen?«

»Du hast mich gesehen?«

»Nein, aber gehört, als du mir hinterhergerufen hast. Deswegen bin ich ja hier! Was hast du denn da getrieben? Woher wusstest du überhaupt, wo ich stecke? Spionierst du mir etwa nach?«

»Ob ich dir *nachspioniere*!? Natürlich spioniere ich dir nach! Hast du eigentlich eine Ahnung, was hier los war?« Peter betrachtete seinen Großvater im blassen Mondlicht. Er sah aus wie immer: fit, entschlossen, mit wachen blauen Augen. Und kein bisschen gebrechlich. Höchstens ein wenig besorgt.

»Was hier los war? Was meinst du damit?«

Peter holte tief Luft, entschied dann aber, dass der nächtliche Garten nicht der beste Ort für Enthüllungen war. »Das erzähle ich dir alles gleich. Ich bin so froh, dass du da bist!«

»Schon gut, schon gut.« Ben Peck schien leicht verlegen.

»Lass uns reingehen. Bob und Justus sind auch da.«

Die beiden staunten nicht schlecht, als Peter mit seinem Opa ins Haus zurückkehrte.
»Mr Peck!«, rief Justus. »Was machen Sie denn hier!?«
»Erst mal das Licht aus«, sagte Ben Peck, ging zum Lichtschalter und hüllte das Wohnzimmer in Dunkelheit.
»Mr Peck, was –«
»Sicher ist sicher«, raunte Mr Peck. »Ich werde verfolgt.«
»Von dem Fahrer des roten Mercedes«, sagte Justus. »Ja, das wissen wir. Was wir nicht wissen: Wer ist der Mann? Und in was für eine Geschichte sind Sie da hineingeraten? Wir haben versucht, das Rätsel zu lösen, aber es wurde nur immer verwirrender. Es geht um die verschwundenen Leute, nicht wahr? Um James Swift und die anderen. Die jetzt in den staatlichen Heimen wohnen. Und um Geld. Und um Ihren alten Freund Neill Hooper. Und mit dem Mann mit der Totenkopfmaske hat es auch zu tun. Aber wie hängt das alles zusammen? Was ist das Geheimnis, Mr Peck?«
»Ich würde es euch ja erzählen, wenn du mal kurz Luft holen würdest. Ich bin wirklich beeindruckt, was ihr alles herausgefunden habt.« Ben Peck ließ sich in einen freien Sessel fallen. »Tja, wo soll ich anfangen …«
»Halt«, sagte Peter und beugte sich in der Dunkelheit vor, sodass er seinem Großvater direkt ins Gesicht sah. »Bevor du irgendwas erzählst, Opa, will ich eines wissen: Geht es dir wirklich gut? Was macht deine … äh … Gesundheit?«
»Große Güte, Peter, du klingst ja schon wie Castro. ›Was macht dein Blutdruck? Und das Herz?‹ Mir geht es großartig. Wenn ich mal davon absehe, dass ich auf der Flucht bin. Aber das hält ja auch irgendwie jung.«

»Im Seniorenheim haben sie gesagt, du wärst … na ja …«
»Ich wäre ein verwirrter alter Trottel. Herrjemine, Peter, das habe ich denen doch nur vorgespielt! Damit ich auf die andere Abteilung verlegt werde! Bei den ganzen faul am Strand liegenden Senioren konnte ich ja nichts herausfinden.«
Peter seufzte erleichtert. »Da bin ich aber froh. Diese ganzen Geschichten haben mir richtig Angst gemacht. Mit dem angezündeten Apartment und so.«
»*Das* wiederum war nicht gespielt«, bekannte Ben Peck freimütig. »Mir ist ein Topflappen angebrannt. Die haben da diese bescheuerten Elektroherde, bei denen man nie weiß, ob die Platte nun heiß ist oder nicht. Eine vollkommen sinnlose Erfindung!«
Bob unterdrückte ein Kichern.
»Die Bücher über Demenzerkrankungen haben Sie also nur gelesen, um die Rolle überzeugender spielen zu können?«, vermutete Justus.
»Woher weißt du, was ich für Bücher lese?«
»Wir waren in deinem Haus, Opa. Wir haben uns Sorgen gemacht! Weil das Altenheim anrief und wissen wollte, wo du bist. Also haben wir ermittelt.«
»Ich hätte es mir denken können«, sagte Ben Peck wenig begeistert.
Das wiederum ließ Peters Stimmung schlagartig kippen. »Und ich hätte mir denken können, dass du denen nur was vorspielst. Spätestens, als sie dich alle einen ›reizenden alten Herrn‹ nannten! Du bist echt unmöglich, Opa. So was im Alleingang durchzuziehen! Warum bist du nicht zu uns gekommen? Du weißt doch, dass wir Detektive sind!«

»Diese Leute sind gefährlich, Peter«, sagte Ben Peck eindringlich und sah den drei Detektiven nacheinander ernst in die Augen. »Ich wollte euch da nicht mit reinziehen. Und Castro und Harry auch nicht. Außerdem bin ich nun mal besser geeignet, in einem Altenheim zu ermitteln, als drei Jungspunde wie ihr. Und wie das geht mit dem Ermitteln, das habe ich ja im Laufe der Zeit von euch gelernt.«

»Vielleicht sollten Sie uns alles von Anfang an erzählen«, schlug Justus vor.

»In Ordnung.« Ben Peck setzte sich gerade hin und räusperte sich. »Mein alter Freund Neill Hooper lebt auf Sunny Island. Ich gehe ihn regelmäßig besuchen. Alles war bestens. Bis er mir eines Tages ein Geheimnis anvertraute: Von der Insel verschwinden Leute. Nicht einfach so, nicht spurlos. Sie werden in andere Pflegeheime verlegt. Drei von ihnen kannte Neill persönlich. Er hatte sie im betreuten Wohnen kennengelernt. Aber dann wurden sie auf die Pflegestation verlegt. Neill besuchte sie dort weiterhin, auch noch, als sie ihn schon gar nicht mehr erkannten. Dann waren sie plötzlich weg.«

»Weil sie Sunny Island nicht mehr bezahlen konnten«, sagte Justus. »Das ist die offizielle Begründung. Geld. Aber ich vermute, das ist nur die halbe Wahrheit?«

»Richtig«, bestätigte Mr Peck. »Neill wusste nämlich, dass Martha, Maria und James eigentlich genug Geld gehabt hatten, um den Rest ihres Lebens auf der Insel zu verbringen. Aber die Heimleitung behauptete, das Geld sei alle. Neill glaubte, dass sich jemand am Vermögen der drei vergriffen hatte.«

»Wie das?«, fragte Peter. »Sie hatten ihr Geld doch wohl kaum unter der Matratze versteckt?«
»Er vermutete, dass sich jemand die Vollmachten über ihre Konten erschlichen hatte, um dann alles Geld abzuheben.«
»Die Vollmachten erschlichen?«, hakte Bob nach. »Sodass er uneingeschränkten Zugriff auf ihre Geldgeschäfte hatte? Aber wer erteilt freiwillig Vollmachten über seine Konten? Das macht man doch nur, wenn man jemandem absolut …«
Bob brach ab, als ihm dämmerte, worauf das hinauslief.
»Wenn man jemandem absolut vertraut«, beendete Ben Peck den Satz grimmig. »Ganz genau.«
»Martha, James und Maria bekamen mit, wie sich ihr geistiger Zustand verschlechterte«, vermutete Justus. »Sie hatten Angst davor, dass sie irgendwann nicht mehr in der Lage sein würden, die richtigen Entscheidungen zu treffen. Zum Beispiel bei Geldgeschäften.«
Mr Peck nickte. »Sie hatten keine Familienangehörigen, die das hätten übernehmen können. Aber dann kam jemand, der sagte: ›Keine Sorge, Mrs da Silva. Wenn es so weit ist, werde ich mich um Ihre Angelegenheiten kümmern. Vertrauen Sie mir und unterschreiben Sie einfach diese Vollmacht, dann müssen Sie sich nicht mehr sorgen.‹«
Justus fiel ein, was Ellyn ihnen über die Besuchsgenehmigung und die Vorsichtsmaßnahmen erzählt hatte: »Alte Leute sind willkommene Opfer für Betrüger. Weil die sich deren Ängste zunutze machen. Das Einzige, was vonnöten ist, ist Vertrauen.«
Bob schüttelte unwillig den Kopf. »Aber spätestens in dem Moment, wenn es heißt: ›Tut uns leid, Mrs da Silva, aber Ihr

Geld ist leider alle, wir müssen Sie in ein staatlich geführtes Heim verlegen‹, spätestens da müsste eine Mrs da Silva doch misstrauisch werden und sagen: ›Das kann überhaupt nicht sein, ich weiß genau, dass ich noch hunderttausend Dollar auf meinem Konto habe.‹«

»Ja«, bestätigte Mr Peck grimmig. »*Wenn* sie es noch weiß. Aber verlegt wurde sie erst, als ihre Demenz so weit fortgeschritten war, dass sie nicht einmal mehr den Namen ihrer Schwester kannte. Von den Summen auf ihrem Konto ganz zu schweigen.«

»Dann hat der Täter möglicherweise jahrelang eine Vollmacht über ihr Konto gehabt«, überlegte Justus laut. »Aber zugeschlagen hat er jeweils erst, als Mrs da Silva, Mr Swift und Mrs Longingdale sich nicht mehr wehren konnten. Und wer weiß wie viele andere.«

»Was für eine Riesensauerei!«, sagte Peter grimmig. »Wie niederträchtig kann man nur sein! Diesem Kerl müssen wir das Handwerk legen! Es kommt ja nur jemand infrage, der seine Opfer über Jahre begleitet und ständig mit ihnen zu tun hatte – jemand aus dem Pflegeheim!«

»Zu diesem Schluss kam auch Neill«, setzte Ben Peck seinen Bericht fort. »Er wollte herauskriegen, wer dahintersteckt. Zu dem Zeitpunkt hat er mich eingeweiht. Drei Wochen später lag er plötzlich auf der Pflegestation, nicht mehr ansprechbar und die meiste Zeit des Tages schlafend.« Mr Peck ballte seine Fäuste und hieb auf den Couchtisch. »Und ich werde das Schwein erwischen, das ihm das angetan hat!«

Bob riss die Augen auf. »Sie meinen … sein Gesundheitszustand hat sich nicht auf natürliche Weise verschlechtert?«

»Nein. Er ist der Wahrheit zu nahe gekommen. Und dann wurde er ruhiggestellt. Mit Medikamenten.«

»Das ist ja unfassbar!«, rief Peter.

»Haben Sie dafür Beweise?«, hakte Justus nach.

»Beweise, Beweise! Mir reicht mein gesunder Menschenverstand! Neill war in bester Verfassung, und drei Wochen später liegt er dauerschlafend im Bett herum! Das reicht mir als Beweis!«

»Also hast du versucht, das Verbrechen aufzudecken«, sagte Peter. »Und bist selbst auf Sunny Island eingezogen.«

»Richtig. Ich habe mich als reicher ehemaliger Geschäftsmann ausgegeben. Sonst hätten sie mich gar nicht aufgenommen. Die Martinez glaubt immer noch, ich sei nur deshalb mit der Miete im Rückstand, weil mein Vermögen gerade in Aktienpapieren gebunden ist. Ich dachte, wenn ich so tue, als wäre ich stinkreich, würde ich den Übeltäter anlocken. Aber nichts passierte. Niemand versuchte, sich mein Vertrauen zu erschleichen. Ich musste also schwerere Geschütze auffahren.«

»Sie spielten den Demenzpatienten und ließen sich ins betreute Wohnen verlegen«, sagte Bob. »Je verwirrter Sie sich gaben, desto interessanter wurden Sie für den Betrüger.«

Ben Peck nickte. »Aber immer noch kam niemand auf mich zu und wollte eine Vollmacht von mir. Also nahm ich es selbst in die Hand und fing an herumzuschnüffeln. Dabei habe ich mich wohl nicht so geschickt angestellt. Der Kerl hat mich ertappt, als ich in alten Akten herumwühlte. Erst tat er so, als wäre nichts. Aber dann wollte er mich kaltstellen.«

»Kaltstellen?«, wiederholte Peter erschrocken.

»Ja. Gestern Nachmittag stand er in meinem Zimmer und wollte mir eine Spritze setzen. Für den Kreislauf, wie er sagte. Aber garantiert wollte er mich damit ins Reich der Träume befördern, wie er es auch mit Neill gemacht hat. Ich trickste ihn aus und haute ab. Seitdem bin ich auf der Flucht. Mein Handy warf ich weg, weil man diese Dinger ja angeblich orten kann. Ich dachte, ich hätte ihn abgeschüttelt. Aber er hat meine Spur wieder aufgenommen. Vorhin im Hotel bin ich ihm nur knapp entwischt.«

»Wem?«, fragte Justus gespannt.

»Na, Dr. Burke natürlich.«

»Dr. Burke!?«, riefen Peter, Bob und Justus gleichzeitig.

»Ja, wer denn sonst. Alle vertrauen ihm, er ist schließlich der Leiter der Residenz. Er weiß über alle Bewohner bestens Bescheid. Und noch etwas: Die Vermögensverhältnisse der alten Leute werden in deren Akten vermerkt. Wenn man heimlich Konten ausräumt, muss man auch diese Akten fälschen, damit der Betrug nicht auffliegt.«

»Und als Leiter von Sunny Island hat Dr. Burke natürlich Zugang zu sämtlichen Dokumenten«, führte Justus den Gedanken zu Ende. »Auf diese Weise konnte ihm niemand auf die Schliche kommen.«

»Ist ja ein Ding!«, rief Peter. »Und Dr. Burke hat dich auch die ganze Zeit verfolgt? Bis zur Tankstelle zum Beispiel? Er war der Typ, der sich Robertson nannte?«

Ben Peck zuckte zusammen. »Woher wisst ihr von der Tankstelle?«

»Es war in den Nachrichten, Opa! Wusstest du das nicht?«

»In den Nachrichten?« Peck wurde bleich. »Um Himmels willen, aber ich habe doch gar nichts getan!«
»Nun ja, Sie haben eine Tankstelle überfallen«, gab Justus zu bedenken.
»Das ist doch gar nicht wahr«, empörte sich Peters Großvater. »Was kann ich dafür, wenn dieser Idiot plötzlich die Kasse aufreißt und mir sein Geld vor die Füße schmeißt!«
Bob räusperte sich unbehaglich. »Soweit ich informiert bin, haben Sie es auch an sich genommen.«
»Kann sein. Ich glaube, das liegt noch im Handschuhfach. Ich war ziemlich im Stress.«
»Und Sie hatten eine Waffe bei sich.«
»Das war eine *Attrappe*! Die habe ich mir besorgt für den Fall, dass Burke mich bedroht. Was ja auch passiert ist. Ich kann doch nichts dafür, dass der blöde Trottel von einem Tankwart mich deswegen gleich für einen Gewaltverbrecher hält! Also wirklich! Aber Augenblick mal, sagtest du Nachrichten? Das heißt, ich werde von der Polizei gesucht?«
»Ich fürchte ja, Opa.«
»Na, großartig. Haben unsere lieben Ordnungshüter mal wieder nichts Besseres zu tun, als rechtschaffenen Bürgern nachzustellen, anstatt die wahren Übeltäter zu jagen!«
»Womit wir wieder bei den wahren Übeltätern wären«, sagte Justus. »Dr. Burke. Haben Sie Beweise dafür, dass er hinter allem steckt?«
»Eben nicht«, knurrte Mr Peck. »Sonst hätte ich längst die Polizei gerufen. Aber ich habe einen Plan. Einen genialen Plan!« Er beugte sich verschwörerisch vor. »Was ist sogar noch besser als ein Beweis? Na? Richtig: ein Geständnis!

Und genau das werde ich mir holen. Morgen, wenn die Kommission des Gesundheitsamts Sunny Island besucht. Ich wollte dort vorhin schon alles vorbereiten. Aber ich war wohl wieder nicht clever genug. Burke muss was geahnt haben. Ich wurde nämlich fast erwischt.«

»Einen Moment, Mr Peck, Sie waren *vorhin* auf Sunny Island?«, fragte Justus aufgeregt.

»Ja. Bevor ich ins Hotel nach Santa Barbara gefahren bin. Geflohen bin, sollte ich besser sagen. Bis runter zum Strand hat Burke mich verfolgt.«

»Haben Sie *gesehen*, dass Burke hinter Ihnen her war?«

»Nein. Aber wer soll mir sonst nachgelaufen sein?«

»Ich«, sagte Justus. »Ich habe Sie verfolgt.«

»Wie bitte!?«

»Vorausgesetzt, Sie hockten mit einer Totenkopfmaske vorm Gesicht in der Cafeteria und haben den Nachrichtensprecher aus der Unterwelt gespielt.«

Ben Peck war sprachlos. »Ja. Das war ich.« Er griff in seine Jackentasche und holte einen kleinen Camcorder hervor. »Die Maske habe ich leider verloren.«

Nun griff Justus in seine Tasche und präsentierte seinerseits die Strumpfmaske mit dem aufgedruckten Totenkopf.

Peter schüttelte verwirrt den Kopf. »Bis gerade eben hatte ich gedacht, ich hätte ausnahmsweise mal den Fall komplett verstanden. Aber wohl doch nicht. Gar nichts begreife ich mehr! Warum, um alles in der Welt, läufst du nachts mit einer Totenkopfmaske auf dem Kopf durch ein Altenheim?«

»Na, um meinen genialen Plan vorzubereiten, das habe ich doch schon gesagt. Das mit dem Totenkopf hat nichts zu sagen. Ich brauchte eine Maske für den Fall, dass mich jemand sieht. An einer Tankstelle gab es diese gestrickten Strumpfdinger, diese Demonstranten-Masken. Perfekt, dachte ich – nehme ich! Dass da ein Totenkopf draufgedruckt ist, habe ich erst später gemerkt.«

»Und wieso warst du damit auf den Bildschirmen zu sehen?«

»Das war ein Test! Ob die drahtlose Bild- und Tonübertragung mit meiner Kamera auch funktioniert, wenn ich nicht im Technikraum sitze. Aber warum konntest *du* mich sehen, Justus?«

»*Alle* konnten Sie sehen, Mr Peck. Ihr Bild wurde auf jeden einzelnen Bildschirm der Residenz übertragen.«

»Was??« Ben Peck wurde bleich und er schlug eine Hand vor den Mund. »Donner und Doria! Auf jeden Bildschirm? Da habe ich im Technikraum wohl ein paar falsche Knöpfe gedrückt. Für den Test sollte eigentlich nur der Bildschirm in der Cafeteria anspringen!«

Justus dachte an das zurück, was der Totenschädel auf dem Fernsehschirm gesagt hatte. »Sie haben also mit sich selbst gesprochen.«

»Habe ich das? Ja, kann sein. Aber Himmel, wenn ich überall zu sehen war … dann habe ich ja allen Bewohnern einen Riesenschrecken eingejagt!«

Justus nickte. »Kann man so sagen.«

»Deshalb war auf einmal überall so ein Tohuwabohu! Jetzt verstehe ich.«

»Moment, Moment, Moment«, sagte Peter mit echter Verzweiflung in der Stimme. »Ich verstehe es leider immer noch nicht! Was sollte das alles?«

Das Gesicht seines Großvaters erhellte sich. »Das hängt alles mit meinem genialen Plan zusammen! Und wenn *du* derjenige warst, der mir zum Strand hinterhergerannt ist, Justus, dann weiß außer uns doch niemand davon. Das heißt, dass ich den Plan nach wie vor durchführen kann. Am besten mit eurer Hilfe!«

Justus beugte sich vor und legte die Fingerspitzen aneinander. »Ich denke, ich spreche im Interesse aller Anwesenden, wenn ich sage: Jetzt wäre der ideale Zeitpunkt, uns in Ihren genialen Plan einzuweihen, Mr Peck!«

Ein genialer Plan …

Am nächsten Vormittag hockten die drei Detektive und Ben Peck in einem schaukelnden kleinen Boot an einem Pier in Oxnard und spähten abwechselnd durch ein Fernglas hinüber zur nahen Insel. Sie hatten kaum geschlafen, sondern bis in den frühen Morgen Ben Pecks Plan weiterentwickelt. Nun wusste jeder genau, was er zu tun hatte. Und dank der Aufregung waren alle hellwach.
Langsam kletterte die Sonne den blauen Himmel hinauf und brannte ihnen auf der Haut. Wenn sich ein Auto der Brücke näherte, wuchs die Anspannung, doch es waren immer nur normale Besucher, die den Parkplatz am Festland benutzten.
»Und wenn sie schon längst auf der Insel sind?«, fragte Bob.
Justus schüttelte den Kopf. »Ellyn hat gesagt, sie kommen um zehn.«
»Aber es ist fast zehn.«
»Eben. Fast zehn.«
»Hast du Ellyn heute Morgen eigentlich angerufen, Just?«, fragte Peter. »Weiß sie Bescheid?«
»Nein«, antwortete Justus. »Als sie zu ihrer Schicht aus dem Haus musste, haben wir gerade geschlafen und im Dienst wollte ich nicht mit ihr telefonieren. Aber sie wird es ja zwangsläufig mitbekommen.«
»Wenn irgendwas schiefläuft, dann versucht, sie zu finden«, sagte Ben Peck. »Ellyn wird euch helfen.«
»Warum eigentlich?«, fragte Bob. »Warum haben Sie Ihrem Freund Harry Jacobson Ellyns Namen genannt? Sie sagten,

wenn etwas schiefliefe, solle er sich an Ellyn wenden. Aber Ellyn konnte uns nichts sagen.«

»Ich hatte ihr einen Hinweis gegeben: die Namen der drei verschwundenen Personen. Sie war die Einzige, der ich zugetraut habe, das Rätsel zu lösen, falls ich erwischt werde. Die Einzige, die klug genug ist, um vielleicht selbst zu merken, dass auf Sunny Island etwas nicht stimmt.«

Wieder näherten sich Fahrzeuge. Und diese beiden schwarzen BMWs parkten nicht auf dem Festland, sondern fuhren über die Brücke und wurden durch die Schranke auf die Insel gelassen.

»Das müssen sie sein!«, rief Peter.

Schon ließ sein Großvater den Motor an und steuerte das Boot auf die Insel zu. Währenddessen beobachtete Bob durch das Fernglas, wie insgesamt fünf Männer und Frauen in Businesskleidung aus den Autos stiegen. Sie trugen Aktentaschen bei sich und marschierten auf Haus zwei zu.

Dann verlor Bob sie aus dem Blick, weil Ben Peck auf die andere Seite der Insel fuhr, wo sie unbeobachtet an Land gehen konnten.

»Wem gehört das Boot eigentlich?«, fragte Peter beiläufig.

»Keine Ahnung. Aber ich kam schon letzte Nacht ganz gut damit zurecht.«

Der Zweite Detektiv riss die Augen. »Du hast es gestohlen!?«

»Geliehen, Peter, sei doch nicht so kleinlich!«

Peter erwiderte nichts, denn sie hatten die kleine Bucht erreicht. Das Boot lief auf Sand, die drei ??? und Ben Peck kletterten halbwegs trockenen Fußes an Land und machten sich sogleich auf den Weg nach oben zur Residenz.

»Bob und Peter, eure Missionskleidung!«, sagte Mr Peck, als sie den Haupteingang von Haus zwei vor sich sahen.
Rasch zogen sich die beiden weiße Kittel an, die sie aus einer Altkleidertruhe auf dem Schrottplatz gefischt hatten. Bobs war ein bisschen zu groß, aber wichtig war schließlich nur, dass man ihm in dieser Verkleidung seine Rolle abnahm.
»Dann kann's ja losgehen«, sagte Mr Peck. »Viel Erfolg! Die Mission ›Sunny Island‹ beginnt!«
Damit bogen Justus und Ben Peck nach links zu einigen Müllcontainern ab, während Bob und Peter auf den Haupteingang zuhielten. Peter blieb ein Stück zurück, damit sie nicht gleichzeitig in das Gebäude gingen.
Bob betrat das Foyer und sah sich um. Dort drüben stand die Kommission und wurde in dieser Sekunde von einem großen Mann mit schütterem Haar und Metallbrille begrüßt. Das musste Dr. Burke sein. Bob tat so, als begutachtete er einen Aushang am Schwarzen Brett, und wartete, bis sich die Delegation in Bewegung setzte. »Beginnen wir am besten im ersten Stock«, sagte Burke, während sie an Bob vorbei zu den Fahrstühlen gingen.
Nachdem sich die Aufzugtüren geschlossen hatten, betrat Bob den Hauptflur. Peters Opa hatte ihm den Weg genau beschrieben. Auf den Bildschirmen an den Wänden war die Wettervorhersage zu sehen. Ein weiterer sonniger Tag auf Sunny Island. Keiner der Bewohner, an denen er vorbeiging, nahm von Bob Notiz. Lediglich ein großer, schlanker Mann im blauen Overall, der mit einer Reihe von Blumenkübeln beschäftigt war, blickte ihm kurz hinterher, aber er schien keinen Verdacht zu schöpfen.

Bob erreichte die letzte Tür links. Er klopfte.
»Herein«, drang es dumpf zu ihm.
Er trat in den Technikraum. Ein Mann mit dicker Brille saß an einem Schreibtisch vor einer Reihe Computerbildschirme. Fragend wandte er sich zu Bob um. »Ja, bitte?«
»Hallo. Ich bin der neue Praktikant. Dr. Burke schickt mich. Sie sollen sofort in den Heizungskeller kommen, irgendwas stimmt da nicht.«
»In den Heizungskeller?« Anstatt aufzustehen, wandte sich der Mann seinen Computern zu und klickte mit der Maus herum. »Was soll denn da nicht stimmen? Läuft doch alles. Außerdem hat Dr. Burke mir vorhin aufgetragen, ich solle mich um diese Bildschirmfehlfunktion kümmern, die hier letzte Nacht einen Riesenwirbel ausgelöst hat. Hast du das mitbekommen, Junge? Eine komische Geschichte.«
Bob nickte und fuhr sich nervös mit der Zunge über die Lippen. »Ja, ich hab's mitbekommen. Aber die Kommission ist gerade da, und Dr. Burke möchte, dass Sie so schnell wie möglich hinzukommen, es gibt da irgendwelche Fragen … ich habe es nicht ganz verstanden.«
Der Techniker seufzte tief und stemmte sich aus seinem Stuhl. »Also gut. Wenn's wichtig ist …«
Gemeinsam verließen sie den Raum.
»Ich muss wieder ins Haus drei«, sagte Bob, doch der Mann beachtete ihn schon gar nicht mehr. Der dritte Detektiv blieb zurück, wartete, bis der Techniker außer Sichtweite war, und machte kehrt. Er betrat den Technikraum, schloss die Tür und öffnete das Fenster.
Justus und Mr Peck kamen aus ihrem Versteck draußen hin-

ter den Müllcontainern hervor, eilten auf das Fenster zu und kletterten hindurch.
»Gut gemacht, Bob«, sagte Mr Peck und klopfte ihm auf die Schulter. »Ist alles glattgegangen?«
»Ja. Der Techniker hat nichts gemerkt.«
Ben Peck wandte sich dem Schaltpult zu und kratzte sich fragend am Kopf. »Ich muss bloß meinen Fehler von gestern wiederholen, oder? Wenn ich will, dass alle Bildschirme auf das Signal reagieren, dann tue ich einfach so, als wollte ich nur den in der Cafeteria anstellen.« Er drückte ein paar Knöpfe. »Das war es schon. Entweder es funktioniert oder nicht. Wenn nicht, musst du es irgendwie retten, Bob.«
Bob schluckte. »Aye, aye, Sir!«
»Du wirst unser Kamerasignal auf diesem Bildschirm sehen. Um es auf die Hausmonitore zu übertragen, drückst du auf diesen Knopf«, wies Mr Peck ihn an. »Aber erst, wenn die Show wirklich losgeht. Wir wollen ja niemanden warnen.«
»Sorg außerdem dafür, dass hier keiner reinkommt und die Übertragung unterbricht«, fügte Justus hinzu. »Wir machen uns jetzt auf den Weg.«
»Mir nach!«, sagte Peters Großvater.
Sie verließen den Technikraum. Bob blieb allein zurück. Er suchte nach einem Schlüssel, fand aber keinen und klemmte schließlich einen Stuhl unter die Türklinke. Dann setzte er sich an den Schreibtisch, richtete den Blick auf den Bildschirm, auf dem nach wie vor die Wettervorhersage angezeigt wurde, und wartete mit klopfendem Herzen.

Peter war erleichtert, als er endlich Schritte auf der Treppe hörte. Es kam ihm vor, als hätte er eine Ewigkeit vor der Tür zum Heizungskeller gewartet.
Der Techniker erschien am Fuß der Treppe und kam mit fragendem Gesicht auf ihn zu. »Man hat mir gesagt, es gebe ein technisches Problem? Wo ist denn Dr. Burke?«
»Die sind alle da drinnen«, behauptete Peter und wies auf die Stahltür. »Dr. Burke mit den Leuten von der Kommission. Ach, sagen Sie, haben Sie Ihr Handy dabei?«
Der Mann klopfte seine Taschen ab. »Nein. Wieso?«
»Ach, nur so.« Peter öffnete ihm die Tür. Im Kellerraum brannte Licht. Die Heizungsanlage knackte leise.
Der Mann trat ein. »Aber hier ist ja überhaupt niemand.«
»Nein? Na so was«, sagte Peter, warf die Tür von außen zu und sicherte sie mit dem Fuß. Blitzschnell zog er seinen Dietrich aus der Tasche und steckte ihn ins Schloss. Er hatte die paar Minuten, die er gewartet hatte, zum Üben genutzt. Es dauerte nur einen Augenblick, bis das Schloss einrastete.
»He!«, drang die Stimme des Technikers gedämpft nach draußen. »He, was soll das? Mach auf!«
»Ich werde Sie in einer Stunde befreien«, versprach Peter.
Der Mann hämmerte wütend gegen die Tür. »Ich werde die Polizei rufen!«
»Sie *würden*«, korrigierte Peter ihn. »Wenn Sie Ihr Handy dabeihätten. Tut mir leid, es ist nichts Persönliches. Und es dient einem guten Zweck! Ich muss jetzt gehen!«
Peter ließ den wütenden Mann zurück und stieg die Treppe hinauf. Opa hatte ihm genau erklärt, wohin er musste – nach ganz oben, in die Chefetage.

Das Büro des Residenzleiters lag im zweiten Stock in einem verlassenen Flur mit dickem Teppichboden.
Justus und Opa warteten schon auf ihn.
»Und?«, fragte Justus gespannt.
»Der Techniker hat jetzt Zeit, die Heizungsanlage zu überprüfen«, sagte Peter. »Hat man euch gesehen?«
»Was für eine Frage!«, beschwerte sich sein Großvater. »Ich habe drei Wochen damit zugebracht, hier alles zu erkunden. Ich kenne die Schleichwege. Und jetzt zeig mal, was du draufhast, mein Enkelsohn.« Er deutete auf die mahagonifarbene Tür. »Da müssen wir rein!«
»Gibt es keine Chefsekretärin im Vorzimmer?«
»Justus hat sie angerufen und mit verstellter Stimme zu Mrs Martinez beordert, die angeblich in Haus drei auf sie wartet«, antwortete sein Opa. »Da die aber in Wahrheit in Haus eins ist, wird es eine Weile dauern, bis die Täuschung auffliegt. Ich wollte den Kopierer am Ende des Flurs anzünden, um sie aus ihrem Büro zu locken, aber ich muss zugeben, dass Justus' Variante ein bisschen eleganter war.«
»Da bin ich aber froh«, sagte Peter, widmete sich dem Schloss und hatte es binnen einer Minute geöffnet. Das Vorzimmer war tatsächlich leer. »Dann drücke ich euch die Daumen«, sagte er. »Ich bin wieder weg!«
Der Zweite Detektiv ging, um seinen Posten auf der Toilette im Flur zu beziehen. Seine Aufgabe war es, alle ungebetenen Besucher von Dr. Burkes Büro fernzuhalten.
Justus und Ben Peck betraten das Büro und sahen sich um. Ein polierter Schreibtisch, weiche Ledersessel, einige medizinische Fachbücher in einem Stahlregal und ein lebensgroßes

menschliches Kunststoffskelett, das an einem Metallständer baumelte.
»Perfekt«, sagte Justus und ging auf den Knochenmann zu, um ihm die Schädeldecke abzunehmen. Darunter befand sich sogar ein Plastikgehirn. Justus nahm es heraus. »Das brauchen wir nicht. Hirnmasse haben wir selbst genug.«
Ben Peck trat hinter den Schreibtisch und betrachtete das klobige Bürotelefon und seine vielen Tasten. Er nahm den Hörer ab. »Dann wollen wir mal sehen, ob Dr. Burke auch drangeht, wenn er gerade einen so wichtigen Termin hat.«
»Wenn er sieht, dass der Anruf aus seinem eigenen Büro kommt, wird er das«, war Justus überzeugt.
Mr Peck wählte und wartete. Justus ging zu ihm und drückte auf den Lautsprecherknopf, damit er das Gespräch mithören konnte.
Es klingelte einmal, es klingelte zweimal, es klingelte dreimal. Dann nahm jemand ab. »Ja?«
»Hier spricht Bennington Peck. Ja, ganz recht, Dr. Burke: der Mann, den Sie so dringend suchen.«
Der Leiter der Residenz sog die Luft ein. »Was zum –«
»Ich weiß, Sie sind gerade fürchterlich beschäftigt, Dr. Burke. Aber wenn Sie Ihren Allerwertesten nicht sofort hierher in Ihr Büro bewegen, komme ich zu Ihnen runter und erzähle der versammelten Kommission, was ich über Sie und Ihre Machenschaften weiß.«
Burke sprach sehr leise. »Mr Peck, das ist –«
Ben Peck legte kurz auf, nahm den Hörer dann wieder ab und legte ihn neben das Telefon. Er grinste Justus an. »Jetzt bin ich auch ganz sicher, dass er herkommt.«

… geht schief

Bob starrte gebannt auf den Bildschirm. Vor ein paar Minuten war das Kamerasignal eingegangen. Er wusste nicht genau, wo Justus und Mr Peck den Camcorder versteckt hatten, doch der Blick in Dr. Burkes Büro und auf die Eingangstür war perfekt.

Auch der Ton war klar und deutlich. Bob hörte, wie Peters Großvater Dr. Burke anrief.

»Jetzt bin ich auch ganz sicher, dass er herkommt«, sagte Ben Peck. »Auf deinen Posten, Justus!«

Bob sah, wie sich der Erste Detektiv in den schmalen Kleiderspind an der Wand quetschte und die Tür hinter sich zuzog, während Ben Peck einfach mitten im Raum stand und wartete.

Plötzlich rüttelte jemand an der Tür. Nicht in Burkes Büro, sondern hier, im Technikraum!

Bob zuckte zusammen.

»Aufmachen!«, sagte eine drohende Stimme von draußen. »Sofort!«

Bob sprang panisch auf. Jemand war ihm auf die Schliche gekommen! Der Techniker? War Peters Mission gescheitert? Der dritte Detektiv starrte auf die Tür. Jemand trat von draußen so heftig dagegen, dass der Stuhl unter der Klinke wegrutschte. Bob wollte ihn festhalten, doch da flog die Tür schon auf und vor ihm stand eine große, grimmige Gestalt. Nicht der Techniker. Sondern der dünne Mann im blauen Overall, der Bob zuvor im Korridor aufgefallen war!

»Wusste ich's doch, dass du was im Schilde führst«, knurrte der Mann. »Ich bin der Hausmeister. Ich kenne jeden hier. Dich habe ich noch nie gesehen.«
»Ich … ich bin der neue Praktikant und –«
»Das wüsste ich«, unterbrach der Hausmeister ihn barsch.
»Doch, wirklich, Sie wissen es vielleicht nicht, weil das ganz kurzfristig war. Der Techniker bat mich, hier aufzupassen, er musste kurz weg.«
»Quatsch. Du gehörst zu den beiden Burschen, die gestern hier herumgeschnüffelt haben, stimmt's?«
Der Blick des Hausmeisters fiel über Bobs Schulter hinweg auf den Bildschirm. Seine Augen weiteten sich. »Das ist Ben Peck!«
Bob drehte sich zu dem Monitor um. In dieser Sekunde betrat Dr. Burke sein Büro. Er und Peters Großvater standen einander gegenüber.
»Dr. Burke!«, war Ben Pecks Stimme aus dem Lautsprecher zu hören. »Wie schön, dass Sie es einrichten konnten!«
Es ging los. Jetzt sollte Bob den Knopf drücken! Genau jetzt!
»Verzeihung«, murmelte Bob und wandte sich dem Pult zu. »Ich muss mal gerade was …« Er langte nach dem Knopf.
Doch der Hausmeister war schneller.
Er stellte sich ihm in den Weg, schüttelte langsam den Kopf und zeigte eine Reihe gelber Zähne. »Nicht so schnell, mein Freund. Nicht so schnell.«

Als Dr. Burke in sein Büro kam, hielt Justus den Atem an. Durch den schmalen Türspalt des Kleiderspinds konnte er die beiden Kontrahenten gut sehen.

»Dr. Burke!«, sagte Ben Peck mit gespielter Freude. »Wie schön, dass Sie es einrichten konnten.«
»Mr Peck«, sagte Burke ganz ruhig und gefasst. »Sie sind also wieder da.«
»So ist es. Sie dachten wohl, ich hätte mich endgültig aus dem Staub gemacht, nachdem Sie mich gestern Nacht nicht erwischt haben. Den Gefallen tue ich Ihnen nicht.«
»›Erwischt‹«, wiederholte Burke vorwurfsvoll. »Wie Sie das sagen. Ich war lediglich um Ihre Gesundheit besorgt. Wie froh ich bin, Sie wohlauf zu sehen!«
»Papperlapapp! Ich lasse Sie auffliegen, Dr. Burke!«
»Auffliegen?«
»Jawohl. Ich weiß alles über Ihre Machenschaften. Sie haben mehrere Bewohner dieser Insel um ihr Vermögen gebracht und sie dann in staatliche Einrichtungen abgeschoben!«
Burke zuckte bedauernd die Achseln. »Sie haben eine lebhafte Fantasie, Mr Peck. Das ist eine große Gabe, doch sie kann auch ihre Schattenseiten haben. In Ihrem Fall –«
»Reden Sie keinen Unsinn!«, unterbrach Ben Peck ihn. »Martha Longingdale. James Swift. Maria da Silva. Alle drei wurden von heute auf morgen verlegt, weil sie plötzlich pleite waren.«
»Das ist das normale Prozedere«, hielt Dr. Burke dagegen. »Ich habe darauf keinen Einfluss.«
»Einfluss auf die Kontostände hatten Sie aber schon.«
»Mr Peck.« Burke sprach jetzt so sanft, als versuchte er, ein kleines Kind zu beruhigen. »Mir ist klar, dass Sie das wirklich glauben. Aber es gibt keine Verschwörung. Wir alle hier auf Sunny Island arbeiten dafür, Ihnen und Ihren Mitbe-

wohnern einen so angenehmen Lebensabend wie möglich zu bereiten. Und wir tun es gern!«

Justus spürte, wie ihm eine Schweißperle den Rücken herunterrann. Dieses Gespräch verlief nicht so, wie sie es sich ausgemalt hatten.

Auch Mr Peck schien das zu bemerken. Er wirkte zunehmend nervös. »Es ist aber die Wahrheit!«, beharrte er. »Und ich kann es auch beweisen! Sie haben die Akten gefälscht. Ich war im Kellerarchiv und habe sie mir angesehen. Sie glauben, Sie hätten keine Spuren hinterlassen. Aber wenn man weiß, wonach man suchen muss, erkennt man die Fälschung sofort.«

Das war ein Schuss ins Blaue. Justus wusste, dass weder Ben Peck noch die drei ??? Beweise hatten. Aber der Bluff zeigte Wirkung: Eine kurze Welle der Unsicherheit schien Dr. Burke zu erfassen, bevor er sich wieder im Griff hatte.

»Ich gehe jetzt zur Kommission und erzähle denen alles, was ich weiß!«, drohte Ben Peck.

»In Ordnung«, sagte Dr. Burke sanftmütig und trat auf Peters Großvater zu. »Was halten Sie davon, wenn wir zusammen zur Kommission gehen, Mr Peck? Ich begleite Sie, und dann werden wir gemeinsam sehen, wie wir die Situation auflösen.«

Justus sah die Spritze, die Dr. Burke aus der Tasche seines Arztkittels zog, erst im letzten Moment. Der Arzt legte Mr Peck scheinbar fürsorglich die Hand auf die Schulter – und stach ihm die Spritze in den Oberarm!

Der Erste Detektiv musste sich zwingen, still zu bleiben und mitanzusehen, wie Ben Peck kurz aufstöhnte, das Gesicht ungläubig verzerrte, sich an den Arm griff – und in sich zusammensackte.

Dr. Burke fing ihn auf und setzte ihn auf den Schreibtischstuhl. Kalt betrachtete er den reglosen Ben Peck, atmete einmal tief durch, massierte sich kurz den Nacken und zog sein Handy aus der Tasche. Er wählte und wartete ungeduldig, während er in seinem Büro auf und ab lief.

»Na endlich!«, rief er aufgebracht. »Peck ist aufgetaucht. Er sagte, er hätte Beweise, dass die Bewohnerakten gefälscht sind. Ja, wenn ich es doch sage! Aber ich konnte ihn kaltstellen. Von ihm geht keine Gefahr mehr aus. Wir sollten die Akten trotzdem vorsichtshalber verschwinden lassen. Übernimm du das, ich muss zurück zur Kommission, ich will keinen Verdacht erregen. Bis dann!« Wütend legte er auf und betrachtete Mr Peck mit einem verächtlichen Ausdruck im Gesicht. »Verdammter Narr!«

Justus kam zu dem Schluss, dass sie nun hatten, was sie wollten, öffnete die Schranktür und trat heraus.

Dr. Burke wirbelte herum und starrte ihn entsetzt an. »Was zum Teufel … Was hast du in meinem Schrank zu suchen?«

»Nichts. Ich habe Sie belauscht und beobachtet.«

»Ich … Es war nicht so, wie …« Hilflos rang Burke nach Worten. Doch schließlich verfinsterte sich seine Miene. »Niemand wird dir glauben.«

»Ich fürchte, das schätzen Sie falsch ein. Alle werden mir glauben. Sicherlich hat man Ihnen heute früh von den seltsamen Vorfällen berichtet, die sich letzte Nacht auf der Insel zugetragen haben. Wissen Sie, was das zu bedeuten hatte?« Justus wartete keine Antwort ab. »Das war ein Testlauf. Da-

für!« Der Erste Detektiv zeigte auf das Skelett in der Zimmerecke. »Schauen Sie Ihrem knochigen Freund doch einmal in die Augen und sagen Hallo zu Ihrem Publikum.«
Mit purem Entsetzen entdeckte Dr. Burke das kleine blinkende Lämpchen des Camcorders, der im Plastikschädel des Skeletts steckte und durch die rechte Augenhöhle hindurch filmte.
Doch das Entsetzen währte nicht lange. Ein bösartiges Lächeln kroch über Burkes Gesicht. »Du bluffst.«
»Das tue ich nicht.«
»Doch. Denn wenn das wahr wäre, wären wir schon längst nicht mehr allein hier.«
»Mr Pecks Enkel steht draußen auf dem Gang und bewahrt uns vor Besuch.«
Doch Dr. Burke war nicht aus der Ruhe zu bringen. »Ich glaube dir nicht.« Er hielt sein Handy hoch. »Mein … Gesprächspartner hätte mir davon berichtet.«
Justus schluckte. Burkes Logik war nicht von der Hand zu weisen. War ihr genialer Plan gescheitert?

Vertrauen

Peter hatte hinter der angelehnten Toilettentür auf dem Flur der Chefetage gewartet, bis Dr. Burke an ihm vorbeigegangen war und das Vorzimmer betreten hatte. Danach war der Zweite Detektiv auf den Korridor getreten.

Und dort stand er noch immer, um notfalls einzugreifen, falls jemand kam, der die Videoübertragung irgendwo im Haus gesehen hatte und nun Dr. Burke warnen wollte. Die ganze Mission hing schließlich davon ab, dass Dr. Burke ein vollständiges Geständnis ablegte, bevor er begriff, dass die ganze Residenz mithörte.

Allerdings kam niemand.

Den Zweiten Detektiv beschlich ein ungutes Gefühl. Er beschloss, seinen Posten für einen kurzen Moment zu verlassen. Er rannte bis zum Ende des Flurs, um die Ecke, bis er ein Fenster erreichte, von dem aus er hinaus in den Park schauen konnte. Und hinein in das große Fenster der Cafeteria zwei Stockwerke unter ihm.

Er sah den Monitor an der Wand. Aber der zeigte weder Opa noch Justus noch Dr. Burke, sondern das Werbevideo. Etwas war schiefgelaufen!

Was jetzt? Was sollte er tun? Er musste zu Bob, um zu sehen, was da los war!

Peter sprintete los, den langen Gang zurück bis zum Treppenhaus. Die Treppe lag keine zehn Meter von Burkes Büro entfernt. Peter zögerte. Auf die paar Sekunden kam es jetzt auch nicht mehr an.

Er schlich ins leere Vorzimmer und legte vorsichtig sein Ohr an die Tür des Büros. Deutlich konnte er Dr. Burkes Stimme hören: »Was halten Sie davon, wenn wir zusammen zur Kommission gehen, Mr Peck? Ich begleite Sie, und dann werden wir gemeinsam sehen, wie wir die Situation auflösen.«
Ein erstickter Schrei war zu hören, dann ein Rumpeln.
Peters Hand lag schon auf der Türklinke, doch er zwang sich zur Ruhe. Justus war da drinnen. Justus hatte alles unter Kontrolle. Bestimmt!
»Na endlich!«, hörte er wieder Burkes Stimme. »Peck ist aufgetaucht. Er sagte, er hätte Beweise, dass die Bewohnerakten gefälscht sind. Ja, wenn ich es doch sage! Aber ich konnte ihn kaltstellen. Von ihm geht keine Gefahr mehr aus. Wir sollten die Akten trotzdem vorsichtshalber verschwinden lassen. Übernimm du das, ich muss zurück zur Kommission, ich will keinen Verdacht erregen. Bis dann!«
Peter traute seinen Ohren nicht. Burke hatte einen Komplizen!
»Verdammter Narr!«, murmelte Burke. Kurz darauf ein erschrockenes Keuchen. »Was zum Teufel … Was hast du in meinem Schrank zu suchen?«
»Nichts. Ich habe Sie belauscht und beobachtet.«
Justus. Endlich! Justus würde die Situation meistern. Und Peter musste sich losreißen. Er musste zu Bob und die Videoübertragung in Gang bringen! Und er musste Burkes Komplizen erwischen!
Der Zweite Detektiv spurtete los und rannte die Treppe hinunter ins Erdgeschoss. Im Hauptflur lief er an den Leuten von der Kommission vorbei, die sich gerade in Schwester

Beatrice' Begleitung befanden. Alle blickten ihm erstaunt nach.
Peter hatte den Gang halb durchquert, als plötzlich die Bildschirme an der Wand für den Bruchteil einer Sekunde schwarz wurden und dann Dr. Burke, Justus und sein Opa darauf erschienen. Bob hatte es geschafft!
Doch da blieb Peter wie vom Donner gerührt stehen. Sein Großvater hing vollkommen regungslos auf einem Stuhl!
Nach und nach bemerkten auch die Bewohner auf dem Flur und die Leute von der Kommission, dass etwas Ungewöhnliches geschah. Erst recht, als Burkes und Justus' Stimmen wie ein Chor aus einer Vielzahl von Lautsprechern zu hören waren. Alle blickten gebannt auf die Monitore.
»Ihr habt keine Beweise, stimmt's?«, sagte Dr. Burke gerade.
»Ihr Betrug wird auffliegen«, antwortete Justus grimmig. »Man wird Ihnen auf die Schliche kommen und herausfinden, dass Sie Ihre Schützlinge ausgenommen und abgeschoben haben. Sie kommen damit nicht durch, Dr. Burke!«
Sogar auf dem Monitor konnte man die Kälte in Burkes Lächeln sehen. »Wenn du dich da mal nicht täuschst.«
Plötzlich machte Burke einen Satz nach vorn, warf Justus um und drückte ihn zu Boden. Eine Spritze funkelte in seiner Hand!
Ein schockiertes Raunen ging durch den Korridor. Die Damen und Herren von der Kommission trauten ihren Augen nicht, als sie das verzweifelte Ringen der beiden auf den Bildschirmen verfolgten.
Peter unterdrückte den Impuls, Justus sofort zu Hilfe zu eilen. Er musste darauf vertrauen, dass einer der zahllosen

Augenzeugen das übernahm. Schon sah er, wie Schwester Beatrice davoneilte. Peters Mission war eine andere. Er musste Burkes Komplizen stellen, bevor der mit den Akten über alle Berge war! Er lief zum Treppenhaus und rannte die Stufen hinunter in den Keller.

Er hatte Glück. Schon an der vierten Tür, die er erreichte, prangte draußen das Schild »Aktenarchiv«. Er lauschte und drückte dann vorsichtig die Klinke runter. Abgeschlossen. Das Schloss war kein Problem für ihn. Innen war es stockfinster. Peter schaltete kurz das Licht ein, um sich zu orientieren. Es war ein niedriger Kellerraum, Neonröhren unter der Decke beleuchteten lange Reihen stählerner Regale, die mit Ordnern vollgestellt waren.

Peter schloss von innen wieder ab, löschte das Licht und tastete sich bis in den hintersten Regalgang vor, wo er sich flach auf den Bauch legte. Mit Herzklopfen wartete er.

Es kam ihm wie eine Ewigkeit vor, doch ein Blick auf das schwach glimmende Zifferblatt seiner Armbanduhr verriet ihm, dass erst drei Minuten vergangen waren, als sich etwas an der Tür tat.

Sie wurde geöffnet. Die Neonröhren flammten auf. Doch Peter konnte auf dem Boden liegend nur unter den Regalen hindurchspähen. Alles, was er sah, war ein Paar weißer Gesundheitslatschen.

Die Person betrat jetzt einen der mittleren Gänge und blieb stehen. Ein Aktenordner wurde herausgezogen und aufgeschlagen. Peter musste sie auf frischer Tat ertappen. Und zwar jetzt oder nie! So leise wie möglich stand er auf, schlich zum betreffenden Gang und sah um die Ecke.

Dann schnappte er nach Luft. »Du!?«
Ellyn rutschte vor Schreck die Akte aus der Hand. Rauschend fiel sie zu Boden. Peter konnte auf dem Ordnerrücken den Namen Maria da Silva lesen. »Ich … ich …«
»Ich fasse es nicht!«, keuchte Peter. »Du bist die Betrügerin!? Du hast die alten Leute um ihr Vermögen gebracht!«
Ellyn widersprach nicht.
Peter war fassungslos, als ihm die ganze Tragweite des Verrats bewusst wurde. »Du hast uns die ganze Zeit belogen! Als wir dich in Opas Haus überraschten, da hast du zwar wirklich nach ihm gesucht – aber nicht, weil du dir Sorgen gemacht hast, sondern weil du ihn zum Schweigen bringen wolltest! Und ab da hast du nur so getan, als wolltest du uns helfen. In Wirklichkeit hast du uns überwacht!«
Peter erinnerte sich an den vergangenen Nachmittag, als sie Ellyn in Großvaters Garten gestellt hatten. »Deshalb wusste Burke auch, in welchem Hotel Opa zu finden war. Du hattest nämlich Bobs Anruf aus Santa Barbara mitbekommen! Ich konnte verstehen, was er sagte, weil das Handy so laut war. Und du konntest es auch.« Peter kniff die Augen zusammen. »Wie kann man nur so niederträchtig sein!«
»Niederträchtig«, wiederholte Ellyn bitter. »Du hast doch keine Ahnung.«
»Ach nein? Wovon muss ich denn Ahnung haben, um das hier zu verstehen?«
»Weißt du, was ich hier als Pflegerin verdiene?«
Peter explodierte vor Wut. »Und deshalb bestiehlst du alte Leute, die ihr Leben lang dafür gespart haben, dass sich im Alter jemand um sie kümmert, weil es sonst keiner tut?«

»Die waren doch schon jenseits von Gut und Böse. Glaubst du, die haben noch gemerkt, ob sie auf Sunny Island oder in irgendeinem anderen Heim leben? Die wussten ja nicht einmal mehr, dass sie *überhaupt* in einem Heim waren!«
Der Zweite Detektiv war so wütend, dass er kaum an sich halten konnte. Er zitterte am ganzen Körper. »Dafür wirst du bezahlen!«
Doch Ellyn lächelte kalt. »Gar nichts werde ich. Du kannst nämlich nichts beweisen.«
»Wir haben ein Geständnis von Dr. Burke! Es lief gerade über alle Bildschirme, wie du mitbekommen hast.«
»Und was habe ich damit zu tun? Ich bin wegen etwas ganz anderem hier im Aktenkeller. Daran ist nichts verboten. Ich arbeite schließlich hier. Tut mir leid für dich, Peter: Du hast keine Beweise.«
»Der Junge muss auch nichts beweisen«, sagte eine Stimme hinter ihnen. Ellyn und Peter zuckten zusammen und fuhren herum. In der offenen Tür standen der Hausmeister – und Bob.
»Bob!«, rief Peter erleichtert.
»Wir haben jedes Wort mit angehört und können alles bezeugen«, sagte Bob.
»Übrigens auch jedes Wort, das in Burkes Büro gesprochen wurde, bevor ich den Knopf für die Übertragung gedrückt habe«, fügte der Hausmeister hinzu. Gemeinsam betraten sie den Raum.
Ellyn Djawadi wurde bleich und sprach kein Wort mehr.
Schritte näherten sich im Kellergang. Peter hörte die Stimme von Schwester Beatrice von den Betonwänden widerhallen:

»Als ich sagte, diese Spritze würde Sie wieder auf die Beine bringen, meinte ich nicht, dass Sie gleich runter in den Keller marschieren sollen, Mr Peck! Sie müssen sich hinlegen, ich beschwöre Sie!«

»Reden Sie keinen Unsinn, Schwester Beatrice, ich fühle mich großartig. Die Spritze war super, es ist ein bisschen wie schweben, ein bisschen so wie damals in Woodstock. Haben Sie noch mehr davon?«

Da erschienen sie alle drei in der Tür: Schwester Beatrice, Justus und Ben Peck, der sich von beiden stützen ließ. Irritiert blickte er in die Runde.

»Peter! Ellyn! Ihr habt ihn erwischt! Der Hausmeister war's!? Du meine Güte!«

Peter schüttelte stumm den Kopf und deutete auf Ellyn.

Ben Peck wurde bleich, die Beine sackten ihm weg. »Ich … ich glaube, jetzt möchte ich mich doch hinlegen.«

Justus zog schnell einen Stuhl heran, der an einem kleinen Metallschreibtisch in der Ecke stand. Mr Peck setzte sich.

»Just!«, raunte Peter. »Was ist mit Dr. Burke? Ich habe gesehen, wie er versucht hat, dich schlafen zu schicken!«

»Und jetzt schläft er selbst«, sagte Justus zufrieden. »Am Ende bin ich doch nicht so wehrlos, wie alle glauben.«

Peter wandte sich an seinen Großvater, doch der starrte nur Ellyn an – schockiert und maßlos enttäuscht. »Ellyn«, sagte er tonlos. »Ich kann es nicht glauben. Ich habe dir vertraut!«

Justus nickte langsam. »Und genau darum ging es.«

Ellyn konnte den Blick nicht erwidern. Sie blieb stumm, bis die Polizei sie eine Stunde später gemeinsam mit Dr. Burke abführte.

Party bei Shaws

Ein paar Tage später roch es im Wohnzimmer der Familie Shaw nach Pfeifenqualm. Das passte Peter nicht besonders. Er hoffte, dass der Geruch sich verflüchtigt haben würde, wenn morgen seine Eltern zurückkamen. Andererseits war es Peters Idee gewesen, die Party, die sein Opa unbedingt feiern wollte, hier zu veranstalten. Schließlich hatte er die sturmfreie Bude kaum ausgenutzt. Dies war die letzte Gelegenheit.

Den Gestank nach Kneipe hatten natürlich nicht die drei ??? verursacht. Sondern ihre illustren Gäste.

Alle, die eingeladen waren, waren auch gekommen: Mr Castro und Harry Jacobson; Mrs Penny und Mr Turner, auch wenn Letzterer nicht wirklich begriff, wo er war. Aber das war egal, Spaß hatte er trotzdem. Der Hausmeister von Sunny Island war da und der Tankwart aus Ventura, der zusammen mit der Einladung auch sein Geld zurückbekommen hatte. Der Ehrengast war Neill Hooper; wach, fidel und im Vollbesitz seiner geistigen Kräfte.

Der eine oder andere hatte ein Bier vor sich stehen und Mr Hooper zog genüsslich an seinem Pfeifchen – »zu therapeutischen Zwecken«, wie er sagte. Es stank fürchterlich.

Da viele der Anwesenden schwerhörig waren, schrien sich alle gegenseitig an, was Ben Peck wiederum dazu veranlasste, die Oldies, die er aufgelegt hatte, lauter und lauter zu drehen. Was alle *noch* lauter schreien ließ. Peter fragte sich schon, wann sich wohl die Nachbarn beschweren würden. Aber irgendwie war es ihm auch egal.

»Mann, das war was!«, rief Bennington Peck und knallte seine geöffnete Bierflasche so heftig auf den Tisch, dass es darin anfing zu schäumen. Der Schaum lief über und hinterließ eine Pfütze auf dem Tisch, aber Peters Großvater bemerkte es gar nicht. »Ein großes Abenteuer! Jetzt weiß ich, warum mein tüchtiger Enkel und seine Freunde Detektive sind! Ich glaube, ich werde auch Detektiv!«
»Und ich habe den ganzen Spaß verschlafen«, beschwerte sich Mr Hooper. »*Alles* habe ich verschlafen!«
»Wie geht es Ihnen denn jetzt, Mr Hooper?«, erkundigte sich Bob.
»Blendend! Mein Körper hat die Schlafmittel abgebaut, die mir jeden Tag verabreicht wurden. Von Schwester Beatrice, nehme ich an. Seitdem ist alles wieder in bester Ordnung!« Er blies eine Rauchwolke aus.
»Das freut uns sehr!«, beteuerte Bob und unterdrückte ein Husten.
»Schwester Beatrice, die mochte ich sowieso nie«, meldete sich Mrs Penny zu Wort. »Die hat was gegen mich. Genau wie die Pommeroy.«
»Sie wissen es noch gar nicht, Mr Hooper? Wir haben inzwischen herausgefunden, dass Schwester Beatrice unschuldig ist«, sagte Justus. »Nicht sie war es, die Ihnen jeden Tag ein starkes Schlafmittel verabreicht hat, sondern Dr. Burke selbst. Sie glaubte die ganze Zeit, Sie seien wirklich krank. Außerdem hatte Burke ihr aufgetragen, ihn zu unterrichten, falls Sie Besuch empfangen. Aber sie wusste nicht, worum es wirklich ging. Die Schlafmitteldosis wurde an dem Abend, als ich mit Miss Djawadi auf Sunny Island war, übrigens

noch erhöht. Nur so konnte Burke sicher sein, dass mein Plan, noch einmal mit Ihnen zu reden, garantiert nicht aufgehen würde. Und Ellyn konnte gefahrlos ihre Rolle als edle Helferin weiterspielen.«

Ben Peck riss seine Flasche hoch. Er war eindeutig schon ein bisschen betrunken. »Auf Burke, den alten Gauner mit seinem sehr langsamen roten Mercedes, dem ich jedes Mal *locker* davonfahren konnte! Und natürlich auf die bezaubernde Ellyn, die falsche Schlange! Ohne die beiden wären die aufregendsten Wochen meines Lebens nicht passiert!«

»Du bist so ein Aufschneider«, beschwerte sich Harry Jacobson kopfschüttelnd.

»Ach, komm schon, Harry, alter Spießer«, rief Ben und schlug seinem Freund kräftig auf den Rücken. »Es hat doch Spaß gemacht, oder etwa nicht?«

Plötzlich erhob sich Mr Turner, der den ganzen Abend stumm in der Ecke gesessen und zugehört hatte, aus dem Sessel, richtete sich zu seiner vollen Größe von über zwei Metern auf und rief: »Horch, horch, o horch!«

Im selben Moment ging die Tür auf und Peters Eltern standen im Raum. Niemand hatte gehört, dass sie reingekommen waren.

»Papa!«, rief Mrs Shaw entsetzt und starrte ihren Vater fassungslos an. Dann ihren Sohn. »Peter! Was, um alles in der Welt, ist denn hier los!?«

»Wo … wo kommt ihr denn her?«, fragte Peter verdattert. »Ihr wolltet doch erst morgen …«

»Heute, mein Sohn, heute!«

»Oh.«

»Jetzt gibt's Ärger«, raunte Bob dem Ersten Detektiv zu.
Mrs Shaw stemmte wütend die Hände in die Seiten. »Dich kann man wirklich keine fünf Minuten alleine lassen!«
Mr Shaw legte seiner Frau beruhigend die Hand auf die Schulter. »Du hast doch nicht wirklich geglaubt, dass Peter *keine* Party feiern würde, während wir weg sind, oder?«
»Ich rede doch nicht von Peter! Ich rede von meinem werten Herrn Vater! Oder glaubst du, Peter würde einen Haufen Rentner einladen?«
»Ich muss doch sehr bitten!«, sagte Mr Castro empört.
»Komm her, meine Tochter! Und du auch, mein Schwiegersohn! Kommt her, kommt her, kommt her! Der Abend ist zu schön für Streit! Setzt euch!«
Kurz darauf hockten Peters Eltern inmitten der Runde.
»Und *jetzt*«, verkündete Bennington Peck, »erzähle ich euch, wie es zu dieser Party kam!«